Claude Chassaigne 21 oct 08 Train Bx. Lille

PETITE BIBLIOTHÈQUE OMBRES
168

MON CORPS ET MOI

Du même auteur
aux Éditions Ombres

Détours
La Mort difficile
Mon corps et moi
Babylone
Êtes-vous fous ? (à paraître)
Les Pieds dans le plat (à paraître)
Textes épars (à paraître)

René Crevel

Mon corps et moi

roman

Éditions Ombres

Illustration de couverture : René Crevel
Collection particulière (D. R.)

Première édition : *Mon corps et moi*, Paris, Éditions du Sagittaire (Simon Kra), 1925 (voir *Bibliographie*, page 119).

ISBN 978-2-84142-178-7.

À celle qui sait voyager et juger.

I
Du temps des autres

On dîne tôt et vite dans les petits hôtels de montagne.

J'étais seul à table.

Me voici seul dans ma chambre.

Seul.

Cette aventure, je l'ai si fort et si longtemps désirée que j'ai souvent douté qu'elle pût être jamais. Or ce soir, mon souhait enfin réalisé, je me trouve disponible à moi-même. Aucun pont ne me conduit aux autres. Des plus et des mieux aimés je n'ai pour tout souvenir qu'une fleur, une photo.

La fleur, une rose, achève de se faner dans le verre à dents.

Hier, à la même heure, elle s'épanouissait à mon manteau. La boutonnière était assez haute pour qu'elle surprît mon visage dès qu'à peine il se penchait. Mais chaque fois, ma peau de fin d'après-midi, avant de s'étonner d'une douceur végétale, avait des réminiscences d'œillet. Tout un hiver, tout un printemps, n'avais-je pas voulu confondre avec le bonheur ces pétales aux bords déchiquetés, sur la sagesse nocturne d'une soie figée en revers ?

Tout un hiver, tout un printemps. Hier.

Dans une gare, les yeux fermés, une fleur condamne à croire encore aux tapis, aux épaules nues, aux perles.

Alors je n'ose plus espérer que soit possible la solitude.

C'est elle, pourtant, qui fut tout mon désir dans les théâtres où le rouge du velours, sur les fauteuils, depuis des mois, me semblait la couleur même de l'ennui. Elle seule, dont j'allais en quête par les rues, lorsque les maisons, à la fin du jour, illuminaient, pour de nouvelles tentations, leurs chemises de pierre d'une tunique compliquée jusqu'à l'irréel.

J'entrais encore dans les endroits où l'on danse, où l'on boit, goulu d'alcool, de jazz, de tout ce qui soûle, et me soûlais indifférent à ce que j'entendais, dansais, buvais, mais heureux d'entendre, de danser, de boire, pour oublier les autres qui m'avaient limité mais ne m'avaient pas secouru.

Oui, je me rappelle. Deux heures, le matin. Le bar est minuscule. Il y fait bien chaud. La porte s'ouvre. Vive la fraîcheur. On me dit bonjour. Une main flatte mon épaule. Je suis heureux, non de la voix, non de la main, mais l'air est si doux qui vient me surprendre.

Je dis bonjour à la fraîcheur, sans avoir nul besoin des mots dont les créatures humaines se servent pour leurs salutations. Hélas ! il n'y a pas que la fraîcheur qui ait profité de la porte. J'avais oublié mes semblables. Une créature humaine s'efforce de me les rappeler. On insiste, on m'embrasse. Il faut rendre politesse par politesse : voici que recommencent les simulacres ; « Bonjour, esprit habillé d'un corps », j'aime cette formule, la répète. L'esprit c'est bien cela, je voudrais me recomposer une pureté de joueur d'échecs, ne pas renoncer au bonheur mais vivre, agir, jouir avec des pensées. Il n'y a pas de contact humain qui m'ait jamais empêché de me sentir seul. Alors à quoi bon me salir ? Finies les joies (?) de la chair.

Une troisième fois je répète : « Bonjour, esprit habillé d'un corps », et donne ainsi la mesure d'une nouvelle confiance à qui vient d'entrer.

Hélas ! le malheur veut que je sois tout juste en présence d'un corps qui se croit habillé avec esprit.

On rit, je me fâche, marque quelle opposition existe entre l'autre et moi : « Mon esprit s'habille avec un corps, et toi ton corps prétend s'habiller avec esprit. » Je prévois la gifle, la pare, la reçois tout de même. Bonjour. Bonsoir. Je vais regarder comment se lève le soleil au bois de Boulogne.

J'ai marché. L'aube accrochait aux arbres des lambeaux d'innocence. Un petit bateau achevait de se rouiller, abandonné des hommes. Heureux de l'être. Seul comme moi. Seul. Illusion encore. Il paraît que l'autre m'avait suivi. J'entends sa voix : « Tu vois, ce yacht, c'est celui de l'actrice qui se noya dans le Rhin. » Oui, je me rappelle. Se rappeler. Encore, toujours. Mon professeur de philosophie avait donc raison qui prétendait que le présent n'existe pas. Mais là n'est pas la question. Un yacht est abandonné sur la Seine. Qui oserait l'habiter depuis qu'une actrice s'en précipita pour se noyer dans le Rhin, une nuit d'orgie ?

C'était, je crois, durant l'été 1911.

1911. L'année de ma première communion. « *Une nuit d'orgie* », répétait la cuisinière commentant le suicide qui d'ailleurs était peut-être un assassinat. Dans mes rêves, orgie rimait avec hostie. Pourquoi offrait-on à mon amour des créatures coupables ou malheureuses ? Je voulais que fussent maudits les fleuves, les canaux par lesquels on avait ramené jusqu'au pont de Suresnes cette péniche, la dernière maison humaine d'une femme que mon enfance, sur la foi des programmes, et de *L'Illustration*, croyait heureuse. « C'est une reine de notre Paris », se plaisait à répéter une amie de ma mère qui aimait la pompe.

Se sentit-elle donc, elle aussi, abominablement libre dans sa solitude au milieu des autres puisque sans souci des invités, un soir d'ivresse, c'est-à-dire de courage, elle se précipita dans l'eau du fleuve ?

Fée aux plumes amazones, qui régnâtes sur l'âge des robes-culottes, je nie la présence de l'autre pour vous dédier ma solitude, sur ce pont, à l'orée du bois de Boulogne, à l'aube d'un jour de juin.

Je vous ai bien aimée. Vous et la dame au cou nu.

Je vous aime encore, mais il faut l'avouer, j'ai mieux aimé la dame au cou nu.

Durant mon enfance les femmes ne montraient leur gorge que pour aller au bal. Dans la première moitié de l'année 1914, une citoyenne de Genève m'annonça les cataclysmes qui devaient assourdir mon adolescence à cause de l'échancrure des corsages sur la Côte d'Azur. Comme elle portait toujours une guimpe hermétique de soie noire, son pays demeura en marge de toute catastrophe.

La dame au cou nu devança de plusieurs années les élégantes de 1914. Aussi eut-elle mauvaise réputation. Elle était la femme la plus célèbre du monde ; on l'accusait d'avoir tué son mari, sa mère, et, pour elle, nous achetions les journaux en cachette.

À vrai dire, de toute cette affaire aux yeux de mes camarades qui commençaient à négliger les collections de timbres pour la géographie des corps, le plus intéressant était le nom du jeune valet de chambre qui ne surprenait pas moins qu'un gros mot lancé en public, et vengeait, par son triomphe étalé, les écoliers de leurs recherches clandestines et souvent infructueuses dans le Larousse en sept volumes, les hebdomadaires grivois et les chansons d'un sou avec leurs femmes nues, aux visages, poitrines et mollets baveux d'une encre d'imprimerie jamais sèche.

Pour moi, ce Rémy, en dépit de son patronyme, ne m'intéressait guère. Il valait ni plus ni moins que n'importe lequel des Couillard, dont au reste il continuait fièrement la lignée, petit gars avantageux, à la première page des journaux.

J'aimais la dame au cou nu et je l'aimais parce qu'elle était la dame au cou nu. Je m'accordais fort bien de cette passion, la croyais absolue et circonscrite par le seul argument que je m'en donnais, ignorant des principes de la relativité, cette gloire des sciences, joie des réunions mondaines, supplice des cœurs.

« *La dame au cou nu est la dame au cou nu* » : sur le papier de ma chambre d'enfant, j'écrivis cette phrase en lettres lisibles de moi seul. Ainsi je ne m'ennuyais plus.

J'avais huit ans et demeurais l'unique à la défendre sans exhibitionnisme, sans espoir d'un petit profit lorsque s'ouvriraient les portes de la prison. Je la vois encore telle que la révélaient les magazines.

Elle était dans le box des accusés une petite chose toute frêle sous un paquet de crêpe. On la représentait la tête directe, ou bien tournée à droite, à gauche, évanouie, le voile plus fort que les muscles. D'autres fois la douleur de son front entraînait jusqu'à ses mains les insignes de son double deuil.

Mais quels que fussent ses mouvements, leur mystère tout entier n'avait qu'un pivot.

Devant ma glace je reconstituais les frissons qui aboutissent à la tête immobile des clavicules. Les juges ne pouvaient condamner une femme qui avait de si jolis gestes entre le menton et les épaules.

Acquittée, la dame au cou nu publia ses mémoires. Respectueusement je m'abstins de les lire.

Elle épousa un étranger de grande naissance. J'eus envie d'écrire au mari : « Embrassez longuement tout son cou, son joli cou nu. »

Maintenant sans doute, l'âge doit l'obliger au mensonge des cols hermétiques, le jour ; à la ruse des tulles trop adroitement vaporeux, le soir. Ainsi, elle que j'ai crue l'unique, elle dont j'espérais qu'elle demeurerait la toujours identique à soi-même, dans mon souvenir, déjà, n'est plus comme l'œuf dans sa coquille.

Perrette de la fable ne s'est pas mieux trompée.

Je suis devenu un homme, et la dame au cou nu n'est plus la dame au cou nu.

Et maintenant c'est un petit matin au bois de Boulogne.

Des tramways, pour m'obliger à croire que le jour

recommence, exagèrent leurs cris, leur maquillage jaune. Affirmation d'une banlieue qui cligne de l'œil, et n'offre rien qui me touche, je me rappelle qu'un philosophe a constaté : « Mourir, c'est se désintéresser. »

À peine tangent au monde, pourquoi ne m'est-il pas permis de tomber tout de suite en poussière, ici, à deux kilomètres de la porte Maillot ?

Mais puisque Dieu le Père ne veut pas de moi dans son Paradis, tout comme hier, il va falloir user encore des objets, des créatures terrestres. Aujourd'hui, je ne suis pourtant pas disposé à faire des avances.

Heureusement qu'il y a *l'autre* pour me sauver.

L'autre trouve que la contemplation a trop longtemps duré.

J'entends : il faut rentrer.

C'est vrai, l'aube porte à l'amour.

Allons-y.

Chez moi, je touche à ce corps, comme j'ai déjà eu l'honneur de toucher à quelques autres, avec la seule volonté de me débarrasser des plus précis de mes désirs, sans l'espoir d'en satisfaire aucun, ni le goût de les prolonger.

Ainsi, bien qu'un temps je me sois condamné aux détours, j'ai, à dire le vrai, toujours eu honte de ces zigzags qui ne conduisent point l'homme à quelque exaltation (comme il me semble aujourd'hui que la solitude y peut, y doit mener) mais le laissent en plein brouillard, au milieu des autres dont il ne sait prendre aucune joie.

Ainsi le cri, par hasard échappé à la bouche qui va sur toute ma peau nue, le cri « tue-moi » lorsqu'il répond à ma prière non avouée par pudeur, est pour mon triste secret à la fois réconfort et exaltation, car la volonté d'agir exercée contre un simple sexe, le côté pile ou face d'un individu, tout entier vêtu ou dévêtu, visible ou figuré, une masse, un peuple, ne m'a jamais paru naître que du besoin d'évasion.

Et certes si la science offrait un moyen de se tuer sinon agréablement, du moins proprement et sûrement, sans doute n'aurais-je point essayé de l'amour non plus que de ces départs dont le dernier me vaut cette méditation, ce soir sur la montagne.

Or aujourd'hui ce n'est plus de moi que je prétends m'échapper, mais des autres au travers desquels j'avais commencé par vouloir me perdre. Mes amis, mes ennemis, je leur dois la plus cruelle des hantises : leurs yeux, les miens, liquides aux densités différentes qui se superposent et jamais ne se peuvent pénétrer vraiment, se mélanger. Leurs yeux, j'ai accepté de les aimer, orgueilleux et naïf à la fois, car je voulais m'y découvrir en transparence, et puis, si longtemps je les avais désirés, avec la certitude qu'ils me vengeraient du mystère insuffisant des glaces de mon enfance. Il s'agissait de me noyer, Narcisse. Au long des murs, une rivière figée n'avait pas voulu de moi. *Boulangerie*, annonçaient des lettres d'or et, sur le miroir, une gerbe s'éparpillait. Le fleuve vertical des boutiques n'avait emporté ni les brins de paille ni les brins de rêve.

Aussi, dès lors, avais-je résolu de mettre ma joie et ma peine ailleurs qu'en moi-même, mais telle fut ma folie que, sur la route morne, à chaque créature rencontrée, j'ai demandé non le divertissement, non quelque exaltation dont l'amour essayé eût pu me faire tangent, mais l'absolu.

L'absolu ? Je me perdais. Fallait-il m'accuser d'orgueil ou dire au contraire pour ma défense que je cherchais dans les êtres la révélation d'une âme universelle ? Hélas ! à peine de temps en temps, pouvais-je à nouveau découvrir ce petit tas d'os, de papilles à jouir, d'idées confuses et de sentiments clairs qui portaient mon nom.

Lacs de déceptions que j'avais crus miroirs, comment aimer encore les yeux étrangers ?

Or un jour, ce que je vis en transparence, et dans

mes yeux cette fois, ce fut leurs yeux, les yeux des autres. Les autres dont je ne pouvais croire qu'ils existassent et qui pourtant triomphaient de moi.

Dès lors, comment ne pas souhaiter la minute où, libre de toute pensée, il me serait possible de me débarrasser du souvenir même ?

D'où les besognes du jour et les jeux de la nuit.

Hélas ! mosaïque de simulacres qui ne saurait tenir, les actes de la vie courante, si habile et si sûre en pût au premier regard sembler la combinaison, se disloquaient pour laisser voir le mal originel.

Et ce furent de douloureuses surprises dans les travaux et les fêtes.

Une chanteuse, alors que les *drinks* savants, un bon gramophone et quelques désirs disséminés dans deux salons commencent à mettre un peu de féerie au sein de la plus banale assemblée, comme elle me demande ce que je pense de son répertoire, et que moi-même, exalté par l'alcool et deux yeux assez beaux pour que je veuille séduire le corps auquel ils appartiennent, lui réponds que son art ne la vaut pas, impatiente de justifier en l'expliquant sa carrière, et, pour ce, cherchant des raisons sans arriver à défendre ses couplets, à bout d'arguments essayés, déclare : « Oui, je sais le peu que valent mes chansons, le peu que valent tous ceux qui sont ici, tous ceux qu'il nous faut voir, mais... »

Elle n'achève pas sa phrase. Elle vient d'éprouver, de me faire éprouver que l'activité qui ne donne point à l'homme un oubli durable, ne le console non plus jamais par quelque sensation péremptoire et suffisante telle que, par exemple, la sensation de grandeur ou de vérité.

Et pourtant cette chanteuse et moi n'acceptons point de nous mésestimer, même et surtout lorsque nous avouons.

Alors, elle, des sillons de peur par tout le visage, un visage où la débâcle transparente du fard laisse voir les plus secrètes décompositions, en dépit de la volonté des yeux, elle, les mains comme des fleurs malades sur cette poitrine de velours qu'une lassitude déjà creuse, le corps rebelle au sursaut que l'esprit commande, elle, très lente, avec la gravité de qui présente au juge le dernier argument, affirme : « Je vais à tout par des chemins modestes. »

Et moi touché par ces simples mots je voudrais m'agenouiller, baiser la trace de ses pas.

Je répète : « À tout par des chemins modestes. » Il me faudra cette lumière grise du matin qui se réjouit d'accuser la pauvreté du teint et celle des pensées pour me demander : mais ne prend-elle point, pour des chemins modestes, les chemins détournés ? Une vie de chanteuse est-elle une vie modeste pour une femme que seul *tout* attire ? Et ce sont les autres qu'elle apprend à mépriser et non elle à estimer. Elle accepte la fausse mesure des mots. Et comment se mettrait-elle en ordre avec soi-même, alors qu'elle essaie non de se limiter, de se définir, mais de se perdre.

Elle vit avec les autres, va aux autres, à tous les autres, à tous. Or aller à tous n'est pas aller à tout, mais au contraire n'aller à rien.

Un tel exemple est un avertissement.

Aussi avais-je, dès ces mots, résolu d'être seul bientôt, vraiment seul.

II

Vraiment seul

Or ce soir je suis seul.

Seul dans une chambre d'hôtel.

C'est maintenant que devrait venir, si elle eût dû venir jamais, la minute où, libre de toute présence, il est possible à l'homme de se débarrasser du souvenir même.

Pourquoi alors m'être rappelé l'existence des autres ? Serait-ce que je ne m'aime pas, du moins pas assez pour me suffire, pour me souffrir ? Solitude, la plus belle des fêtes, viendra-t-il, ton miracle ? Il me faut encore me répéter que je ne m'aime pas ce soir et n'y saurais parvenir, non plus qu'à me reconnaître dans cette chambre. La chambre d'hôtel où je suis seul.

Comme du plus terrible péché, je m'accuse de penser aux autres, et non à moi.

Moi, les autres ?

Dès qu'il n'y a plus de moi, ils me deviennent indispensables, et si je me sens prêt à haïr la chambre d'hôtel, c'est que je n'y trouve aucune trace de leur existence. Pour un peu je renierais les colères antérieures et déclarerais que chacun d'eux me fut une révélation et d'autant plus éblouissante que plus étrangère.

Je n'ai pas la force de découvrir en moi la promesse des surprises nécessaires et je ne sais quel nettoyage par le vide a chassé de cette pièce le réconfort d'un peu de poussière et jusqu'au souvenir de la chaleur humaine.

J'ai passé mon doigt sur le marbre d'une cheminée. Il était nu et si froid qu'il m'a bien fallu conclure que cette buée sur une glace ne s'était point épanouie au souffle de quelque poitrine semblable à la mienne. Fleurs d'humidité, sans racine, sans âme, sans couleur, voilà tout le jardin de mes rêves, ce soir.

Je fais marcher les muscles du dos pour écraser les premiers frissons, car j'ai froid d'être seul.

Déjà.

Entre les quatre murs de roses roses sur fond pâle j'organise une reconnaissance. Peine perdue. Il n'y a personne et même, à défaut d'être, rien avec quoi je puisse vouloir lier commerce d'amitié. L'armoire est en bois blanc et dans cette armoire pas un seul de ces papiers que les voyageurs consciencieux disposent entre leurs chemises et la planche qui les doit supporter. La commode a quatre tiroirs réglementaires et dont l'indifférence a laissé s'envoler l'aveu léger des parfums. Aux vitres, les rideaux, comme s'ils n'avaient jamais été soulevés, tombent droit. Aucun sillage des présences antérieures, aucun objet qui m'aide à imaginer le voyageur inconnu dont la pensée permet de redouter moins l'obscurité sans sommeil.

Dehors c'est la nuit.

J'écarte les rideaux, ouvre la fenêtre, me penche. La nuit est fraîche, bonne fille insignifiante, et n'y triomphe même point, pour attirer ou faire peur, le silence. En bas, à trente mètres, un torrent fanfaronne et dans l'obscurité c'est une orgueilleuse et vaine chanson de marche.

Le torrent est au pied de la montagne.

Cette montagne, dans le jour, à mon arrivée, commençait verte, devenait grise, finissait blanche, sans qu'il fût d'ailleurs possible de se rendre compte comment elle passait du vert au gris, du gris au blanc et même du blanc à ce bleu, dit bien à propos bleu de ciel, et dont la masse reposait toute sur le point final de sa dernière cime. Dans la dégradation était toute la merveille et ce symbole aussi, trop facile, du prisme intellectuel (conscience, rêve, sommeil) et cet autre encore de l'arc-en-ciel du cœur (indifférence, amour, haine).

Je voudrais que ma destinée fût de couleurs superposées et méritât vraiment d'être prise pour la reine des surprises horizontales. Ainsi, mes heures seraient coupées en minutes dont l'ensemble rappellerait celui des tranches géologiques.

Robe de temps, robe d'espace que ma vie aille donc du bleu roi au violet évêque, du violet évêque au rouge cardinal, du rouge cardinal au jaune serin, du jaune serin au vert émeraude et que, par la grâce des chansons parallèles au moka d'herbe, de pierre, de glace, de ciel, elle dérobe la présence de la montagne, et s'affirme à la manière du chaud et du froid.

Créera-t-elle un monde ? Je ferme les yeux pour croire que de grands nuages blancs s'échappent des corps les plus aimés et, âmes enfin, en des lenteurs péremptoires s'effleurent. Mais pourquoi soudain cette volonté de combat. Ces candeurs à peine tangentes se heurtent, se pénètrent et chaque choc les déforme, douloureusement. La boxe des âmes va mêler haines et désirs, les vérités dont on a honte, celles dont on a pudeur comme l'autre boxe, les muscles, la sueur, le sang, les cuisses, les biceps et les colères amoureuses des peaux que le moindre voile de duvet révèle étrangères les unes aux autres.

Le bonheur naît-il des coups donnés ou des coups reçus, et le malheur de ceux qui ne furent point donnés, de ceux qui ne furent point reçus ? Drôle de question à se poser, paupières closes, lorsqu'on est venu demander au soleil de juin, à l'air des glaciers, la plus intime métamorphose et la plus solitaire. Hélas ! un corps exige sept années pour se renouveler. La montagne, elle, change de couleur insensiblement. Mais, à quoi bon les symboles d'un alpinisme primaire et réconfortant puisque je n'atteindrai pas ce soir, au bleu, à ce bleu dit, bien à propos, bleu de ciel.

III

Les dernières présences

Sur le plancher une valise entrouverte.

Pêle-mêle s'y entassent des livres, des tricots, du linge et des cravates bien inutilement anglaises pour cette solitude choisie. Je me baisse, plonge les mains au milieu de tout ce désordre et me rappelle qu'hier encore on riait de me voir si maladroit.

On ?

Qui au fait ?

Certes ils n'étaient pas en grand nombre ceux qui me donnaient l'impression que la scène n'était pas tout à fait vide où chaque jour s'essayait à de nouvelles tragicomédies. Maintenant, il s'agit non de s'acharner encore à quelque essai mais d'oublier les syllabes d'un prénom, une bouche.

Or quand j'opte pour l'énergie, même si c'est contre moi, même si je suis seul en cause, afin de ne point trahir ma volonté de force, il me faut d'abord affirmer à voix tonitruante. Résolu à couvrir les accents trop connus et à me refuser à l'étreinte d'une mémoire pour laquelle je n'ai déjà montré que trop de complaisance, je rugis : « Assez... Assez... Assez. »

Moralité : la femme de chambre de l'étage frappe à ma porte. Ces cris ont dû lui donner un espoir de fait divers. « Monsieur a sonné ? » Je me venge, et comme si l'importune n'était qu'une simple bonne à tout faire je l'appelle Marie : « Non, Marie, je n'ai pas sonné, je n'ai besoin de rien, Marie. Ne vous dérangez pas si je parle un peu fort. Je n'ai ni la fièvre chaude ni le délire.

Je récite mes rôles, Marie. Pensez que je suis un acteur. Aimez-vous le théâtre, Marie ? Je vous donnerai des billets, Marie. »

De l'autre côté de la porte, elle grogne de déception. Dame, comment, à moi tout seul, aurais-je pu lui offrir un crime passionnel. Pauvre Marie. Allons, ce sera pour une autre fois.

Délivré de cette sotte j'égrène encore quelques *assez*, puis en silence (le voilà, Marie, notre cher crime passionnel) je déchire une photo et comme si je pouvais en cachant les débris me dérober au souvenir, sous les brochures, les gilets, j'enfouis des étoiles inégales de carton.

Demain j'ouvrirai la valise pour prendre un roman, un *sweater*, mais je ne recollerai pas les morceaux du passé, d'hier, de cet hier dont l'ombre s'appellera peut-être demain, mais dont il ne faut pas que la hantise écrase aujourd'hui.

Aujourd'hui, bien vide, bien blanc, bien seul.

Demander secours à des présences extérieures c'est croire au miracle des échanges. Or les créatures assemblées se prennent beaucoup les unes aux autres et ne se donnent rien. Où va donc le fruit des larcins réciproques ? J'aimerais croire à quelque cagnotte de l'esprit, au patrimoine de l'humanité. Et cependant de cette humanité je continue à ne pouvoir prendre notion que si, libre de tout contact étranger, je suis enfin l'homme seul. Et qui donc n'a pas senti que pour être un homme, pour être, il fallait être l'homme seul. Je ne suis que par ce qui m'éloigne des autres et, me rendant incompréhensible aux regards de leur intelligence, les rend aussi incompréhensibles à moi-même.

C'est donc pour encourager les plus sûrs espoirs que je répète : « Aujourd'hui bien vide, bien blanc, bien seul. »

Il n'y a pas de bruit dans cet hôtel.

Le silence va-t-il valoir à mon cœur de s'entendre battre ?

Ce cœur, auparavant, lorsqu'il a battu (excusez du romantisme), lorsque mon cœur a battu par d'autres, pour d'autres, parmi d'autres, il n'était pas le métronome de soi-même, mais chacun de ses coups ne faisait que désigner un moment du désordre.

Oui, je le redirai, tous mes essais furent prétextes à me dissoudre, à me perdre. Au long des nuits, si je me suis dévoué à certains corps, c'était pour oublier le poids du mien, et si j'ai été curieux des âmes qui passaient, il faut l'avouer, c'est que la mienne était d'elle-même incapable d'exaltantes surprises.

Condamné tout le jour à ignorer la sensation d'être, parce que condamné à ne pas être seul, le soir, lorsque je me trouvais libre enfin, je n'avais pas le temps de m'habituer à moi-même. Pour échapper au malaise initial de ma propre rencontre, j'acceptais encore des présences. Et ainsi, afin que pût mieux s'évaporer la première angoisse du contact avec moi-même, je cherchais quelque autre pour, l'heure du sommeil enfin venue, laisser s'échapper, se transposer, sans moyen choisi, le plus secret, le réel de mon être dont la révélation m'avait été donnée par des états et non par des images ou des sensations.

Nuits sans gestes et sans paroles, nuits qui ne connaissaient point les cauchemars. Un sommeil parallèle empêche la douloureuse surprise des rêves. Or ces rêves, si cruels aient parfois été les bouquets de torture dont ils se plaisaient à m'accabler, mes rêves, ne sont-ils pas justement ce en quoi mon orgueil aime à chercher des raisons. Je ne suis pas Hercule. Et puisque je n'ai pas entrepris les douze travaux, pourquoi accepter de filer aux pieds d'Omphale ? Pourquoi accepter de dormir entre des bras de créature humaine, tentacules de la plus inexorable des poulpes ?

Parce que je me révoltais d'avoir abdiqué, après des heures dans le lit de quelque autre, je haïssais le corps à l'ombre duquel je venais de reposer. également, je haïssais l'esprit étranger nourri du mien – et qui, d'ailleurs, mourrait au moins quelques instants, de s'en être nourri –, l'esprit que j'avais cru miroir où je ne m'étais pas vu, où je ne m'étais pas noyé.

Je condamnais la dernière présence, me levais, me rhabillais, partais. Mais toujours la bonne résolution était venue trop tard. J'avais commencé par céder.

C'est pour mieux fuir la tentation que j'ai déchiré une photo, que je décide aussi de n'avoir point pitié de la rose, qui achève de se faner dans mon verre à dents.

Hier, elle s'épanouissait à mon manteau.

Une amie l'avait prise au bouquet d'un bol persan.

Cette amie partait avec un de mes amis le même jour, à la même heure, par la même gare mais pas pour le même endroit que moi.

J'aurais pu essayer d'aller avec eux.

Je n'avais pas voulu. Je regardais l'un et l'autre. Mes yeux étaient-il donc si tristes qu'ils me comblaient de promesses : « On t'enverra des cartes postales. » Huit coups à la grande horloge et mes oreilles ne peuvent s'empêcher de penser à un glas. Le glas du départ. Je veux croire en mon sacrifice, et que ceux dont je me sépare volontairement méritent mes regrets.

Il faut en convenir : tous deux sont beaux et grands par le cœur, l'esprit. Cette femme, ce garçon, mes préférés, pourquoi avoir décidé de vous quitter ? Déjà un grand cube de poussière, la gare offre une de ces surfaces à l'inconnu. Nous sommes arrivés une demi-heure avant le départ du train. L'horloge répète ses huit coups. Il est donc huit heures.

Au fait, huit heures de l'après-midi ou huit heures du soir ?

Les villes ignorent le crépuscule. Sur elles la nuit tombe, mais ne descend jamais. Aucune vapeur ne m'a doucement habitué aux ténèbres comme la maladie d'un être cher à la mort.

De grosses lumières bien rondes tremblent. Au-delà

des quais des lignes noires finissent trop vite par n'être même plus deux à deux luisantes sur le sol. Toutes les couleurs sont mortes subitement. La tringle de cuivre qui court au long des vitres du wagon a mis à mes doigts une odeur triste. Un coup de sifflet et ces deux présences, elles aussi, auront cessé d'être.

Alors, décidé à ne rien perdre des derniers moments, je rectifie la position. Mon corps coupait la porte en diagonale. Le voici droit. Je redeviens attentif.

L'ami parle.

Si vous voyiez Cérès en voyage, vous ririez bien. Elle emporte toujours un fromage avec elle ! Je répète :

Cérès voyage
avec un fromage.

Est-ce une phrase ou un distique ?

Cérès voyage
avec un fromage.

Y a-t-il quelque drôlerie dans cette phrase, ce distique ? Je ne ris pas, m'étonne de ne pas rire. Je ne suis déjà plus avec les hommes. Je ne suis pas encore seul. Les autres, dont il n'est rien qui ne me laisse indifférent, depuis que j'ai décidé de les fuir, n'ont pas fini de me tenir en esclavage.

N'irai-je donc jamais jusqu'à cette belle liberté bien neuve, mon orgueil ?

Si je pars sans emmener personne, à qui demander le secours de la chair, de la parole ou de l'esprit, c'est que j'ai renoncé aux consolations anecdotiques. Des essais auparavant tentés, j'ai dû, enfin, m'apercevoir que ne pouvait attendre aucune sensation de grandeur ou de vérité. Clown, j'avais tout juste dans mon orgueil la triste récompense de sentir mon cœur se briser. J'en offrais les morceaux à quelques-uns parmi les autres et, entre deux éclats de rire faux, j'avais l'audace de croire à mon malheur. De toute cette comédie, seule peut me laver la solitude.

... Peut me laver la solitude ?

Oui, à condition que s'oublient les anomalies de détail et que ne soit point frustrée l'angoisse, mon fauve aux belles dents.

Ainsi ai-je décidé qu'il en serait pour moi. Hélas ! en dépit de mes résolutions, c'est une surprise peureuse dès que la rose, dans une gare, à huit heures du soir, effleure ma joue.

Une rose qui m'effraie. Mon menton se croit-il donc coupable ? Je demande à mes amis : « Avez-vous la notion du péché ? »

La femme a pitié ! Cher, nos trains ne partent que dans vingt minutes. Allons boire !

Le buffet du P.L.M. à huit heures du soir.

Un escalier modèle escalier de l'Opéra mène les dîneurs à de somptueuses destinées. Nous voudrions bien monter au premier. Mais là il faut manger. Nous sommes condamnés au rez-de-chaussée. Le groom indique le café en bas.

« Qu'allons-nous boire ? »

L'amie décide « du champagne ».

Mes mains s'adaptent à la coupe qu'elles portent jusqu'à mes lèvres. À l'ordinaire j'ai horreur du champagne. Celui-ci me semble exceptionnellement délicieux. Est-ce pour mieux avoir pitié de cette femme en noir à la table voisine, une femme seule, sans âge, sans beauté qui boit un thé triste, qu'elle ne console d'aucun sucre, citron, rhum ou lait, un thé ni anglais ni russe et libre de nuages comme le ciel des journées trop crues et dont on ne sait à leur lumière si elles sont chaudes ou froides.

Une femme seule boit un thé triste.

On emplit ma coupe.

Je bois.

Tout va-t-il redevenir incompréhensible ?

Je m'étonne bien haut ! Du champagne au buffet de la gare de Lyon à la fin de l'après-midi ? La fin de l'après-midi – pardon. Il est huit heures du soir. Huit heures un quart même. Entre ces deux compagnons je me croirais volontiers pendule, une pendule trop sentimentale pour avoir notion de l'heure qu'elle doit marquer. Et pourtant elle n'a d'autre mission. Une pendule inexacte entre deux flambeaux. Et si l'on vendait la pendule ? Se souviendront-ils un peu de moi seulement ? Consciencieux, je regarde de droite à gauche. À l'une et à l'autre, très bas, j'avoue : « Je vous aime. » Et la voix un peu plus forte je supplie : « Il faut, vous, que vous m'aimiez toujours. » Une main de femme, une main d'homme se partagent mes dix doigts. De celle qui reste libre l'amie porte à mes lèvres sa propre coupe. « Bois, *darling.* »

Tout cela pourrait bien s'appeler bonheur.

Je ne sais point de mots plus doux à prononcer que deux prénoms. Le monde entier peut-être sera sauvé par la grâce de justes syllabes. Pourtant Notre-Dame tout à l'heure, entre les deux peupliers de son quai, s'alourdissait de plis de pierres, tristes comme ceux des robes de veuves à la campagne.

Pourquoi m'a-t-on élevé dans les préceptes d'une religion qui exalte la tristesse et la souffrance ? Mon nez pourtant a l'innocence de n'importe quel museau. Si j'avais été animal j'aurais été fort réussi. Mais homme ? Qu'ai-je fait de toute mon existence avant d'arriver au buffet de cette gare du P.L.M. ?

Ce champagne qui vient de m'attendrir, peut-être pourra-t-il d'autres miracles ?

J'aime la rose de ma boutonnière, mes amis, et s'ils me demandaient encore une fois de les accompagner, je partirais avec eux.

Ils ne m'offrent rien.

Nous sortons du buffet.

Je monte dans mon wagon.

Au revoir.

Le train est parti.

La rose de ma boutonnière est tout ce qui me reste de leur amitié.

La rose de ma boutonnière est devenue, après vingt-quatre heures, une pauvre chose recroquevillée, dans un verre à dents. Aucun pardon. J'effeuille la rose comme j'ai déchiré la photo. Frères des étoiles de carton, les pétales tombent, pluie pauvre, sur les *sweaters*, les livres.

Des veines battent à mes tempes. L'obstination de ces cloches dans ma tête, faut-il l'appeler un glas ? Un glas comme en sut sonner, voici vingt-quatre heures, l'horloge de la gare de Lyon.

Adieu cet hiver, ce printemps, les ponts que je ne pouvais traverser sans bonheur, lorsque le ciel était si fragile au-dessus des Tuileries que les nuages se faisaient plus légers pour s'y pouvoir encore suspendre ; adieu, boutiques, arbres, becs de gaz et ce sergent de ville, non seulement imperméable mais amoureux de l'eau du ciel, puisqu'en dépit de la neige de janvier, de l'obstination pluvieuse de février, des giboulées de mars, des ondées d'avril, des orages de mai, je le retrouvais toujours à sa place et pas même un peu fondu. Brave petit flic ripoliné, tout un fleuve coulait à vos pieds, vous n'en étiez pas plus fier, mais, définitif, vous donniez de curieuses tentations à cet ami qui rêvait de vous voir faire l'amour avec une petite sœur des pauvres. Daphnis et Chloé de bure et de gros draps, vous volez au-dessus des maisons, des églises, des tours, anges de la ville. Mais, comme les autres anges, ceux de mon enfance qui avaient un corps si doux qu'on le croyait sans os, comme tous ces anges, vous êtes déjà le passé. Le passé des vieilles gens. Il faut laisser cela : il faut être sage.

IV
Mémoire, l'ennemie

Je ne recollerai pas les morceaux du souvenir.

Le ciel craquelé des puzzles ne ressuscite point la féerie.

Ce que je me suis rappelé ne m'a jamais donné l'impression de vie que par de nouveaux regrets suscités. Aussi, de tous les hommes, les plus tristes et les plus malheureux m'apparaissent ceux qui naquirent doués des meilleures mémoires. Ils ne triomphent point de la mort mais, par la plus inexorable fatalité, chaque transsubstantiation qu'ils essaient, au lieu de prolonger leur passé, tue leur présent. Victimes de leur insuffisance, ils vont, condamnés à ne rien voir du spectacle nouveau qu'ils négligent dans un docile espoir de recommencements, dont au reste nul ne leur saurait suffire.

Pour moi, tout ce que j'ai appris, tout ce que j'ai vu, ne travaillera qu'à mon ennui et à mon dégoût, si quelque nouvel état ne me vaut l'oubli des détails antérieurs. Dès lors comment ne point baptiser ennemie une mémoire aux rappels obstinés ?

Et puis rien ne se peut exprimer de neuf ni d'heureux dans un chant déjà chanté. Les lettres, les mots, les phrases bornaient nos avenues, nos aventures. Lorsque je leur ai demandé de définir mon présent, ils l'ont martyrisé, déchiqueté.

Bien plus, je n'avais recours à eux que parce que je doutais de ce présent.

Et certes, lorsqu'il s'agit de parole ou d'écriture,

l'affirmation prouve moins une certitude qu'un désir de certitude né de quelque doute au fond.

Ce qui en moi fut indéniable, je n'ai jamais eu la tentation d'en faire part à qui que ce soit. Au contraire l'instable, l'inquiet exigent une proclamation. La pensée en mouvement ne désire rien plus que se figer dans une forme, car, de l'arrêt marqué, naît l'illusion de ce définitif dont la recherche est notre perpétuel tourment. Ainsi l'eau de la mer recueillie dans quelque bol se cristallisera, deviendra sel. Mais ce sel comment le confondre avec l'océan ? S'il est tiré d'une masse livrée au tumulte des forces obscures, il ne nous appartient pas d'oublier que seule cette intervention, qui contraignit au repos son élément originel, lui permit de devenir ce qu'il est. Pour l'océan, je puis – usant d'une métaphore à tel point usée qu'elle possède enfin le mérite de n'être plus dangereuse par quelque pittoresque – le comparer à l'homme : je prétends qu'il ne doit vouer aucune reconnaissance à ces parois qui, faisant prisonnier un peu de lui, permettent à ce peu de se transformer. Ce qui revient à dire qu'un état premier se suffit à soi-même... et ne demande secours ni à la philosophie ni à la littérature. Il se subit et n'a d'autre expression qu'un chant affectif interne et sans syllabes. Ainsi, une page écrite à plume abattue, sans contrôle apparent de ces facultés domestiques, la raison, la conscience auxquelles nous préférons les fauves, sera, malgré tout, l'aboiement argotique et roublard, mais non le cri assez inattendu pour déchirer l'espace. Les mots appris sont les agents d'une police intellectuelle, d'une Rousse dont il ne nous est point possible d'abolir les effets. Effets bons ou mauvais ?

La logique, la réflexion n'existent que faute de mieux.

Parce que certaine richesse qui faisait le lourd bonheur du sang et le poids de ce qui en nous est apte à percevoir et non à dire, parce que certaine richesse fut au long des siècles dilapidée, l'homme, en vengeance, a conçu l'amour des mots et celui des idées. C'est pourquoi, ce me semble, il faut dénoncer quelle faute de mieux fut, ce qui d'ailleurs continue à sembler aux moins indulgents, sujet du plus légitime orgueil. Au reste, par l'effet d'une loi d'aller et retour, sans quoi l'humanité serait trop vite arrivée au bout de son chemin, l'intelligence parvenue à certain point ne semble avoir rien d'autre à faire que son propre procès. Débats sans indulgence. Elle-même se condamne. Et c'est une telle tragédie qui met le plus profond désespoir dans la vie des plus audacieux et des plus francs.

Spontanément spontanés, nous n'aurions aucune raison d'aimer la spontanéité, d'en faire l'éloge. Seul un être à l'instinct moribond enviera la brute. Joie des anémiques, des épuisés qui entendent expliquer les vestiges de leurs appétits par l'instinct vital. À la vérité ce qui importe, ce n'est point une explication, mais le triomphe subi de l'instinct vital lui-même.

Lys mieux vêtu que Salomon dans toute sa gloire, parmi tant de plantes répétées, que monte enfin l'orgueil d'aujourd'hui. Lys mieux vêtu que Salomon dans toute sa gloire, ou bien arum dont les bords ourlés rendent, par leur voluptueuse innocence, plus terrifiante encore la couleur marécageuse d'une tige qui a pris pour elle seule les mauvais désirs de la terre. La fleur est si belle que, grâce à la joie des yeux, les narines commettent un abus de confiance et, bien qu'aucune odeur ne soit venue les griser, pensent que le nom n'est point arum mais arôme et qu'il fut justement donné.

Arums et lys, affirmations bien présentes, luisez davantage pour exagérer votre force, votre séduction spontanées et nous faire mépriser définitivement ces petites boules d'un mimosa trop sec : nos souvenirs.

Mémoire, mimosa. Mémoire mimosa. Joli titre pour une valse à jouer lorsque la vie boite et que la fenêtre est ouverte sur un jardin triste. Mimosa. Au plein midi nous avons pensé à notre hiver. Nous avons voulu faire des provisions de soleil. Une plante s'offrait qui fut mise en panier. Aujourd'hui le ciel était lourd et pourtant il faisait froid. Nous avons cherché à rappeler la lumière absente. Nous avons ouvert le panier. Mémoire, mimosa, mémoire, mimosa. Même la couleur s'est recroquevillée. Il n'y a plus de parfum, mais cette tristesse qui se respire, les jours de janvier, dans les salons de province. Mémoire, vos fleurs, votre mimosa sent le renfermé.

Si je prends une branche, toutes les petites boules tombent, s'écrasent. Mémoires, vos lampions ne sont pas seulement lamentables mais fragiles aussi. Aucun n'éclaire, et la tige qui les assemble n'offre pas l'unité du lys ni celle de l'arum.

Les moments antérieurs ne tiennent pas à la branche. J'ai dit que toutes ces petites boules jaunes qu'on avait prétendues d'or, j'ai dit que toutes les petites boules jaunes étaient tombées à terre. Les voici écrasées. Elles ont laissé de pauvres taches à mes doigts.

Alors pourquoi sans cesse recommencer ? Pourquoi vouloir – et de quel droit – habiller notre mémoire selon la mode hypocrite des autres hommes ? Il ne faut pas réincarner ce que nous avons le mieux aimé.

Si je prétends encore savoir, me rappeler, que restera-t-il, finalement, que restera-t-il devant la glace ? Moi avec la tête lourde du point d'interrogation et sans même, entre ce moi et la glace, un halo doux pour voiler des traits que mon ennui, toujours, retrouve. Le halo doux, c'est quelque histoire, une histoire qui déjà n'est plus vraie et dont je ne puis déjà plus penser qu'elle l'ait jamais été. Mais, après la mémoire, avant l'oubli, c'est la paix et son clair brouillard, un voile à ne pas déchirer. Mes doigts saignent d'avoir compté des vertèbres, mes paumes sont meurtries d'avoir caressé des squelettes. Exactitude des os, des chairs molles, mais qui n'est pas la vérité. Les couleurs sont absentes, seules aptes à parfaire la résurrection. Il faut que la mémoire se taise, entremetteuse des jours de pluie. Elle a vendu, hypothéqué toute chair, l'humaine et celle aussi des fleurs qui furent de nos jardins secrets, tout cela pour une petite rente viagère qui ne peut rien contre l'ennui.

Si j'ai pris la fuite c'est à seule fin de me mettre en ordre avec moi-même. Il faut donc couvrir la voix qui accumule tant de détails trop connus, essaie les plus grossières séductions.

J'imposerai bien silence à la maquerelle. À la cantonade, sans avoir l'air de rien, elle annonce « ces dames au salon » puis, vers moi penchée, susurre à mon oreille : « Les dames sont au salon, nues sous un tulle léger, si léger. » La tête qu'elle fait, lorsque je déclare : « Ce soir je veux le voile et non la chair. » Elle ricane, comme si j'étais ivre, hausse les épaules : « Pauvre fou ! », essaie un geste qui me donne chaud puis, enfin, me laisse en paix.

Précisions, statistiques : autant d'inutiles obscénités.

Les souvenirs me condamnent au remords. Et tout de même la parade continue. C'est que l'odeur mauvaise des réminiscences attire les mouches. Je vous jure que ça ne sent pourtant pas la chair fraîche.

Et voilà qu'il ne s'agit plus seulement d'apporter une livre bien saignante, mais les curieux insistent. À qui l'a-t-on prise cette chair humaine ? Et il va falloir répondre.

Alors intervient une volonté de mensonge. Ceux qui aiment les mots distingués l'appellent pudeur. D'autres – les plus habiles – disent qu'il est temps de passer aux choses de l'art, et pour se donner du cœur, sur l'air des lampions, ils se chantent à eux-mêmes : transpositions, transpositions, transpositions.

— Et hardi petits ! Nous aussi nous savons fabriquer de la fausse monnaie, des faux visages, des faux noms.

Nous aussi nous allons écrire des romans, des confessions et servir une belle tranche de vie. Au travail.

Demi-aveux, les pires mensonges. Doit-on accuser le défaut d'invention ou la joie de se brûloter au feu qui fut celui de la plus belle jeunesse ?

Après avoir erré par les rues, si je n'ai pu y découvrir quelque raison de m'attarder ou de prolonger ma promenade, rentré chez moi, lorsque j'ouvre un livre au hasard, plus encore que de la pluie, des badauds ou des importuns croisés tout à l'heure chemin faisant, je m'irrite de cette imprimerie. Les hommes n'ont de souvenirs ou d'aveux qu'afin de cacher ce qu'ils craignent de découvrir de leur vrai visage, de leur présent.

Étranges perruquières que vos mémoires, vous tous qui avez écrit, peint, ou sculpté. Vous vous êtes maquillés et, avec des grimaces sous du fard, avez tenté de donner les minutes touchantes des visages humains. Souvenirs et intimes désirs jamais assouvis et même non avoués, vous avez voulu tout concilier par le jeu de quelque logique.

L'art ?

Laissez-moi rire.

Je pense à ces bals où le travesti est prétexte à corriger la nature. Ceux qui n'ont pas trouvé leur vérité tentent une autre existence. Toutes les vies manquées s'invertissent, pour un soir. Mais l'exhibitionnisme ne donne point d'ailleurs l'impression de quelque franchise ou de quelque réalité. Les femmes apparaissent sans hanche ni poitrine. Les hommes ont des croupes et des tétons. Or voici qu'une virilité soudain s'érecte et soulève en son beau milieu la robe d'une courtisane grecque. Hommes, femmes ? On ne sait plus.

Il y a des maisons où ces fêtes se produisent plus de deux fois par an. De nocturnes garçons y règnent en tuniques, tutus et paniers qui étaient encore quelques années auparavant des petits bougres bien campés sur des pieds aux grosses chaussures. Jeunes maçons que l'innocence du plâtre désigna au désir d'un étranger, avant le règne des robustes Anglo-Saxons, vous aimiez pourtant les petites gonzesses bien balancées. Mais il y eut un coup d'œil, un mot, une promesse. Et puis il est si facile de se laisser caresser par n'importe quelle main, les yeux fermés. Alors on finit par trouver, sans s'apercevoir de rien, goût à la chose.

Certaine résolution prise, la vie, se dit-on, va, désormais, devenir bien facile. Et vite, de choisir dans tout ce qui a été vu, entendu, senti, deviné les éléments d'un rôle et d'imposer silence à tout ce qui rendrait précaire l'attitude.

Vie du corps, ou vie de l'esprit, ceux qui voulaient être, à tout prix, des satisfaits, se sont spécialisés. Ils sont d'une assez lourde paresse pour croire à la perfection dans la jouissance ou la réussite, et ne comprendront jamais qu'une telle perfection, si elle était humainement possible, ne légitimerait rien.

Mémoire l'ennemie, mémoire la bâtarde, tu as beau user de tous les trucs, t'opposer à la surprise, tes disciplines n'ont jamais empêché l'homme de se sentir finalement lésé, ni de souhaiter, même lorsqu'il faisait semblant d'être soumis, quelque révolution dans sa chair, son cœur, son intelligence, sa cité.

Les lois auxquelles nous nous condamnons par souvenir ne nous ont jamais rien apporté qui pût sembler juste en soi, et certains, de la créature d'amour à l'homme d'esprit, ont eu beau se fabriquer des codes, si subtiles soient les ressources de l'art du toucher ou de la conservation, jamais de toute leur science nous ne tirerons aucune joie. Les plus habiles caresses et les mots bien placés ne valent pas une main grossière, mais émue, ou trois syllabes qui s'envolent d'une phrase.

Or celui dont la mémoire ne peut se taire, même et surtout s'il entre avec elle en lutte pour ne plus permettre aucune contradiction à sa chair, son esprit, perdra jusqu'au dernier pouce de son innocence.

Enfant des faubourgs, gêné par le souvenir de la soupe sous la suspension de zinc et de porcelaine, couleur céladon, incapable de supporter l'image de la Nini d'autrefois, parce qu'il a trouvé beau le torse de ce jeune homme auquel il s'est vendu pour « rigoler », pour « voir », un matin il a brisé le mètre plié en quatre qui battait contre la jambe dans la poche du pantalon de gros velours. Un pot de crème adoucit le visage. Le soir, bal musette. Les étrangers aiment ces endroits comme Notre-Dame. Ils y vont avec la même conscience, mais comme on n'y vend pas des médailles, comme on n'y brûle pas de cierges, après plusieurs fines on achète un petit poisse. Le voyou apprend vite à choisir les plus jolies cravates. Il en a toute une collection. Il danse bien, il chante. Lui aussi il va faire de l'art. La tuberculose, la coco ont déjà creusé son visage mais pas encore affiné ses mains. Il a un camarade qu'il aime bien et contre qui il voudrait dormir tout nu, et sans rien faire, comme un bébé.

Mais voilà, il y a le travail. Comment oublierait-il le rôle qu'il s'est choisi ?

Ils sont plusieurs gigolos qui s'efforcent à bien réciter, à bien chanter dans ce bar où des noctambules vont pour se divertir, s'encanailler.

L'un à cause de sa ressemblance avec certaine grande comédienne, dans une robe qui laisse, à chaque mouvement, voir une ligne de peau anémique entre le corsage et le vertugadin, incarne Célimène. Il y a deux ans, il était ouvrier plombier. Le voici coquette. Ses bras sont blancs, les aisselles épilées. Le malheur vint de ce qu'il n'avait pas de santé. Et puis quoi ! ça n'est pas drôle de passer sa vie à souder des radiateurs. Il alla réparer le chauffage d'un homme de théâtre qui avait de mauvaises mœurs... Et tout fut dit.

Dame aux camélias des faubourgs, il crache le sang. À l'automne il mourra. Il sait déjà que ce sera par un après-midi tout jaune, tout rouge. Dehors, on attendra le dernier orage. Il aura essayé, pour lui seul, cette fois, de maquiller encore son visage. La fièvre fera fondre toute sa crème. Il aura horreur de son corps, des lambeaux d'âme et de poumons qui lui font mal dans la poitrine. Il pensera aux petites filles de la rue qu'il aimait quand il avait quinze ans. Une bouffée plus chaude ouvrira grande la fenêtre. Une feuille tombera au pied de son lit. Et il ne comprendra plus rien aux objets, aux photographies. Alors il se raidira. Baudruches méchantes, des corps qu'il lui fallut subir voltigeront par toute sa chambre. Il se cachera sous ses draps, se sentira poursuivi, voudra fuir, se lèvera. Ses pieds glisseront sur le carreau. La concierge le lendemain le retrouvera mort. Elle dira qu'il était déjà aussi froid que le carrelage.

Les garçons qui travaillaient dans la même maison que lui couvriront de fleurs blanches son corbillard. Ils seront tous à son enterrement.

Et que fera Célimène l'an prochain ?

Ils se disputeront les pauvres nippes, le vertugadin, les vers de Molière, ces jeunes voyous qui savaient autrefois de bonnes injures bien saines sur les fortifs. Depuis, ils ont appris à piailler comme des filles et à chanter le répertoire de Raquel Meller.

Ce jeune saint Sébastien de la zone, habillé en rat d'hôtel, désigne son entrejambe !

Voici la fleur de volupté...

Quand il est ivre, il montre sous des bracelets de cuivre doré deux cicatrices aux poignets. Il a essayé de s'ouvrir les veines. Petit Pétrone anachronique de beuglant, il n'a pas su mourir, mais depuis cet essai manqué, des bouquets, les plus mauves, les plus tristes, sous ses yeux, se fanent. Qu'il reprenne son refrain : « *Voici la fleur de volupté* », et je songe à ces longues fleurs pourpres dont se couronna Ophélie et que, nous dit Shakespeare, les bergers appellent d'un nom licencieux et les jeunes filles réservées, doigts d'homme mort.

Un jour sans doute, le Pétrone raté deviendra l'Ophélie réussie du canal Saint-Martin.

Un nègre a un pauvre sourire dans un coin. Ses jambes nues sortent d'énormes chaussures. Il porte une vieille jaquette de laine grise. On lui fait comprendre que c'est son tour. Il quitte sa veste, ses godasses. Il est nu. Sa peau a la couleur des perles noires. Un petit caleçon blanc de l'une à l'autre cuisse ploie sous le fardeau d'un sexe africain. Et il danse. Et en dansant il embrasse sa poitrine, caresse ses épaules de ses grosses joues. La musique s'arrête. Il a envie de pleurer. Le caleçon lui fait honte. Son nom aussi. Une Américaine lui a demandé comment il s'appelait et il a répondu : « Moi belle Lola ! »

Voyous blancs, obscène petit nègre, l'audace de vos gestes, leur exhibitionnisme de commande ne signifient ni la franchise ni la vérité.

Vous ne donnez point une expression d'humanité sincère. Mais rassurez-vous, ailleurs ce n'est pas mieux.

Vous êtes des artistes comme d'autres. Or votre art ne vise qu'un coin de la pauvreté des hommes. Et je veux croire à leur richesse diffuse.

Mais, si je m'adresse aux livres plutôt qu'aux établissements de nuit, je ne vois encore que fausses révélations. Tout, ici comme là, se trouve transposé. On truque.

Que Proust par exemple ait fait d'Albert une Albertine, voilà qui m'engage à douter de l'œuvre entière et à nier certaines découvertes qui m'y furent présentées chemin faisant. Bien que l'auteur m'ait paru assez peu soucieux des bienséances et libre d'entraves conventionnelles, il m'est difficile de le croire préoccupé de la seule étude entreprise. Il s'est souvenu des règles de la civilité puérile et honnête et, par la faute de sa mémoire policée, la transposition combinée enlève à son œuvre le plus fort de l'action qu'elle eût dû avoir.

Au reste il faut bien dire à la louange de l'auteur

que son subterfuge ne saurait guère nous abuser, mais si nous devinons la vérité ou tout au moins une partie, si nous sommes en mesure d'affirmer qu'Albertine était un garçon, l'identité des autres sexes, de ce fait, ne nous apparaît plus certaine. Cette tricherie tue notre confiance.

Proust, dira-t-on pour sa défense, ne fut pas le seul à user de telles précautions oratoires. Et certes, je puis vous citer l'exemple de ce jeune homme bien élevé qui, désireux de rendre hommage aux compagnons de ses nuits, essaya d'écrire un livre, et parce qu'il ne pouvait s'empêcher d'y chanter tout au long un hymne de reconnaissance au mâle, prêta ses propres aventures à une femme, qu'il fit marquise, fort belle et de cuisse folle.

Un troisième a une absence bien réjouissante.

Il feint de parler à une jolie fille, et tout à coup victime de la précision d'un tendre souvenir et, sans même, à la correction des épreuves, s'apercevoir de l'involontaire aveu, écrit *enlève tes chaussettes*, au lieu de *enlève tes bas*.

Le même, quand il mange une pêche, se soucie-t-il de savoir si le fruit est mâle ou femelle ? Je crois que, dans un lit, il ne doit guère plus penser au genre du sexe dont il s'enivre. Mais le travail d'amour achevé, lorsqu'il sera question de souvenir, s'il donne de fausses preuves, de faux noms, de faux détails sur une poitrine ou ce qui se trouve à l'ordinaire entre les jambes, il se délectera de sa propre hypocrisie et baptisera perversité le petit mensonge bien empapilloté.

Ainsi voulant revivre ses aventures plutôt que d'en tenter de nouvelles, il essaie un monde auquel il ne sera pas même tangent et dont il n'aura ni chaud ni froid.

Cet homme qui a une bonne mémoire s'étonne de s'ennuyer et aussi d'avoir honte. Qu'on lui pardonne pour tant d'ingénuité.

V

Seule, une longue obscène membrane...

Pour une fois, si je voulais bien oublier des noms, des voix, de très loin peut-être, sur ma solitude viendraient se projeter, ce soir, des ombres mauves, non, pas même mauves, mais gris de lin, des ombres mêlées dans un seul bonheur et marquant le sol d'une confidence légère.

Alors qu'importe si dans la ville antérieure vinrent des hommes, des femmes aux mauvaises intentions. Un temps, ce fut la tourmente, qui, majeure, déracinait tout et que je n'osais nommer, car seul le mot haine eût convenu. Poignets tordus, grands yeux qui m'imploriez et mes dents réjouies de mordre, une canne levée certain soir sur un dos qui avait froid et des flammes d'un même feu qui ne s'éteignait point, vacillant de l'un à l'autre des charbons rougis, sanglante nourriture. Puis il y eut surtout le petit matin dont se givra l'incendie nocturne.

Toute la nuit, femme aux yeux couleur de fleuve, toute la nuit on avait dansé chez vous et vous aviez été plus pâle, plus bleue dans la pourpre d'un rêve. Or voici qu'il était parti, celui qui avait régné sur la fête car il ne savait marcher sans danser, non plus que parler sans chanter. Il s'en était allé loin de vous, loin de moi, parmi les autres, sans rien savoir, ni vouloir d'eux, comme un enfant, comme un fauve. Dehors, c'était une nuit couleur d'iris noir et semblable aux tentations qui faisaient son visage triangulaire, son regard liquide et ses lèvres plus habiles à frémir que des ailes.

L'heure était venue pourtant des pensées libérées. Trop las pour mentir encore, avant de chavirer à nouveau dans la vie qui recommence en bas sur le trottoir et au milieu des rues, les créatures parviennent à ce point du temps où il est possible de se comprendre.

Se comprendre, se prendre et non avec des mots ou des doigts, mais par la grâce de ces antennes invisibles qui font des cœurs, à l'aube, les plus étranges libellules.

Et vous, femme, parce que, disiez-vous, l'heure avait sonné des pensées libérées, vous ne cachiez plus rien de votre angoisse et puis, tout à coup, grâce aux lumières, aux boissons, prétendiez qu'il ne fallait plus avoir peur, que vous n'aviez plus peur. À vous seule vous essayiez de refaire le monde et, au milieu d'une fusion que les autres ne percevaient pas et dont vous apaisiez les éléments, vous alliez, semblable en votre impassibilité à Dieu le septième jour. Hélas ! au petit matin, il ne restait que des verres à moitié vidés, nos frissons et des courants d'air. Vous redevenez la créature frileuse d'un monde dont tout à l'heure vous ordonniez la féerie. Vous me tendez la main, me donnez à sentir comme elle est froide et soupirez : « Il est parti. »

Oui, la fête finie, nous sommes seuls, seul à seul. Vous ricanez, car vous avez vu nos deux noms, deux murs parallèles et très proches, mais qui montent de chaque côté de l'impasse sans se toucher. Vous ricanez. Un jour commence qui ne connaîtra ni le repos ni le pardon. Dehors, il y a de longues raies roses dans le ciel. Qui donc a griffé l'aube ? Vous grelottez, et affirmez en même temps : « Je n'ai pas froid », puis m'interrogez : « Oui, mais lui, où est-il ? »

Parti l'enfant qui sait danser et plaire et morte la féerie dont il nous tenta. Les taches du ciel ne sont point celles de l'amour. Le jour n'a rien repeint. Notre vie sera couleur de courbature, de froid. Nous nous serrons l'un contre l'autre et lâches à ne pouvoir lutter. Un café de chauffeurs nous recueille, et vous dites : « Il est parti, mais, pourquoi serait-il demeuré ? Moi aussi je partirai et toi de même. Je serai seule, tu seras seul, il sera seul. »

Je lui serre les poignets car je ne veux pas qu'elle continue la plus triste des litanies, cette conjugaison du malheur des hommes. Elle ne sent pas l'étau de mes mains. Elle dit encore : « Nous sommes seuls, nous serons toujours seuls. Quelle monstrueuse et obscène membrane pourrait nous lier les uns aux autres, tu entends, nous lier à jamais ? La membrane de l'amitié, la membrane de l'amour ? Nous serions alors semblables à ces jumeaux qui naissent collés et que l'inévitable opération libère non pour la vie, mais pour la mort. Et ces jumeaux, qui oserait les condamner au réciproque esclavage de toutes les minutes ? Il nous faut être seuls : seuls, toujours seuls. »

Une monstrueuse et obscène membrane ? Mais souvenez-vous, cette monstrueuse et obscène membrane nous l'appelions un doux lien lorsque, là-bas, très loin, du fond de notre ignorance et de nos quinze ans, nous rêvions d'amour, d'amitié. Déjà nous connaissions la solitude, mais cette solitude, nous cherchions des mots pour l'embellir, l'excuser et surtout la circonscrire.

Sa tristesse vague, nous voulions la croire mortelle. Doucement nous pensions à notre fin, à un matelas odorant de fleurs à peine fanées sur notre tombe, au lendemain de notre enterrement. Or nous ne sommes pas morts.

Nous ne sommes pas morts et après les jours et les nuits de poursuite, de fièvre, il nous faut encore inventer des tortures pour croire que nous vivons, aimons, haïssons et, malgré la souffrance qui nous mesure, nous n'arrivons pas même à devenir un peu plus sûrs de notre existence puisque, du mal que nous nous faisons, nous ne nous suffisons pas, puisque, triomphant de quelques dégoûts épisodiques, nous essayons d'autres expériences, frappons à toutes les portes, buvons à tous les verres, et, au petit matin, nous rejoignons sans le goût de ces utiles mensonges qui pourtant retrouvent leur couleur avec le soleil.

Hélas ! femme, dans une salle embuée de sommeil, à l'aube d'un printemps dont nous ne savions que faire, nous n'avons pas eu le bonheur de dormir, les coudes sur la table grasse. Nous n'avons pas eu le bonheur de dormir ni le courage de récompenser nos âmes. Ni l'odeur du café, ni celle du lait ou de la sueur humaine, ni le bourdonnement du percolateur n'assourdissaient notre angoisse.

L'œil clair, l'oreille exacte, nous avons rêvé, nous avons souhaité d'être enterrés vifs. Les maçons aux âmes simples ne comprirent pas autour de nous. Ils mangeaient de grosses soupes, buvaient un coup de blanc, et puis partaient pour des échafaudages où le soleil les visitait dans la joie et les chansons.

Mais nous ?

Je me tais, et vous, ma compagne, étrangère, la moins étrangère parmi les créatures rencontrées, après l'insomnie des choses en vain tentées, vos dernières forces arquées pour une minute confiante, vous pouvez tout juste proclamer votre solitude et la mienne, et, parce que vous ne savez renoncer à l'espoir d'une consolation possible, la gorge rauque d'alcool et de malheur, douloureuse d'une boisson qui brûle sans réchauffer, le front las de chercher encore des raisons, tout de même essayez de vouloir persuader que tout est bien ainsi.

Obstinément vous répétiez : « Seule une longue et obscène membrane... » Mais vous saviez bien que votre peur de la nuit, du sommeil disparaîtrait si par hasard quelque longue et obscène membrane vous liait pour l'existence entière à quelque autre.

Aussi, les après-midi, recommencions-nous, chacun de notre côté, une course aux sécurités.

Il fallait bien essayer de tout pour juger des possibilités, voir si les autres croyaient en moi, acceptaient l'idée de mon existence...

Dans la rue, je souriais à ce qui passait. Et qu'on m'écoute, ce n'était point simple volonté de racolage mais cette soif de rencontre qui n'a rien à voir avec le désir par trop localisé.

Regards qui deveniez plus brillants, lorsque le jour baissait, des yeux dans le brouillard, des yeux dans des visages anonymes dont peu m'importaient les fronts, les nez, les bouches, quelque usage que j'en dusse faire, des yeux m'obligeraient à sortir de moi-même.

J'ai rencontré ce double aimant et, de tout l'univers, rien n'est demeuré vrai que deux points où brillaient le ciel et tout le phosphore de l'angoisse. De ces deux points sont nés des paroles, un corps, une âme. Mon cœur s'est arrêté de battre. J'ai voulu parler, j'ai bégayé. Le trottoir s'était ouvert pour que jaillît une fleur humaine. Plus uni que l'eau innocente, allait-il me lancer un poison de vérité ?

J'attendais le miracle.

Le dieu des rencontres une fois encore m'avait trompé.

VI
Promenades

Promeneurs sollicités, promeneurs qui ne me répondiez pas ou choisissiez, pour répondre, ce mot, ce clin d'œil dont précisément je n'eusse pas voulu, vous ne m'offriez point ma certitude. Il est vrai que dans mon orgueil solitaire je n'avais eu cure de la vôtre.

Chacun pour soi, fallait-il se répéter encore, chacun pour soi, et c'était cette sorte d'onanisme dont nous avions cru qu'il était le signe un peu honteux de l'enfance mais qui continuait, quoique la première jeunesse déjà fût passée, à ne chercher que prétextes dans d'autres corps, d'autres pensées. D'où certaines farces dérisoires et macabres à la fois. J'étais bien contraint d'accuser un peu les autres corps, les autres pensées, mais parce que je jouais à cache-cache avec moi-même en toute occasion, comment aurais-je eu l'audace d'exiger de mes partenaires qu'ils renonçassent aux masques, aux fards.

Alors je continuais mes essais, un peu moins sûr, il est vrai, chaque jour, car, à vouloir préciser, j'avais dû finir par comprendre que jamais je ne parviendrais à quelque point comparable dans l'espace au présent dans le temps. L'un de mes pieds s'appelle passé, l'autre futur. Il y a toujours un escalier à monter.

Je frappe à la porte qu'il faut et me voilà bien sage sur un pouf de peluche rouge. Une voix grêle et sans timbre essaie de me tenter.

« L'amour, tu vois, c'est encore ce qu'il y a de mieux pour passer le temps. »

Accroupie dans un coin de sa loge, cette petite femme qui sert de danseuse à l'homme le mieux fait du monde additionne des vérités premières et s'applique à préciser d'un bâton de rouge les contours de son nombril.

Elle répète : « Oui, l'amour, c'est encore ce qu'il y a de mieux pour passer le temps.

— Si tu veux, chérie.

— Alors ne bâille plus.

— Je m'ennuie.

— Donc tu ne m'aimes pas.

— Mais si, chérie.

— C'est bien vrai ? »

Je cherche – quelle conscience – les raisons qui pourraient bien valoir à cette bonne femme d'être aimée ou, tout au moins, à leur défaut, celles qu'il suffirait d'énoncer pour qu'elle se crût aimée. À haute voix j'affirme : « Lorsque tu danses, tes pieds tournent si vite que je les prends pour des petits cercles. » Mais dès cette première tentative d'altruisme, j'oublie la danseuse et, pour moi seul, quoique à haute voix, déclare : oui des petits cercles. Géométrie éclatante et lilliputienne. Des pieds qui tournent, des pieds de satin blanc et c'est tout le mystère des nacres. Je ne suis pas le fils d'un mandarin, hélas ! Des perles ne boutonnèrent point les devants de mes chemises. Tes pieds, danseuse, parce qu'ils sont deux points de corozo blanc, me rappellent mon enfance, l'attente, la toile des blouses sur un corps qui commence à se douter et déjà prend difficilement patience.

« Imbécile. »

Et la danseuse de s'empêtrer dans ses rubans et un imparfait du subjonctif. L'imparfait du subjonctif est encore plus rebelle que les rubans et ne se laisse pas apprivoiser.

La partenaire de l'homme le mieux fait du monde rage. Bien entendu je souris. Conclusion : il paraît que je ne dis que des bêtises. Pas même. En vérité je n'ai jamais su ce que je disais. Encore moins d'intelligence que de savoir vivre. Et trois fois de suite on me répète que je suis un gosse.

« Et toi, chérie, une petite vierge.

— Insolent, tu peux te moquer. D'abord je ne suis pas une prostituée, moi. Monsieur se moque : “ Tu es une petite vierge ” ; eh bien ! sache mon cher, sache pour ta gouverne, que pas une femme ne l'est ici autant que moi. Frisoline par exemple, Frisoline qui a seize ans...

— Si Frisoline m'intéressait, je ne serais pas ici.

— Mufle.

— Bavarde.

— Sale caractère.

— Bonne femme, tu es trop drôle. Et dire qu'on ne peut jouer avec tes seins, ton petit ventre sans que tu fasses des discours.

— Tu ne m'aimes pas.

— Mais si, puisque je voudrais pour m'asseoir un fauteuil de ta peau, de la peau de ton petit ventre. » Et de surprendre le corps de la bonne femme, une jambe dans chaque main, comme s'il s'agissait des bras d'un nouveau-né.

« Prêchi-prêcha.

— Bas les pattes. Quelle éducation !

— Et puis après ?

— Monsieur tripote, monsieur gâche le maquillage.

— Madame se farde le nombril.

— Quel mal y a-t-il à se farder le nombril ?

— Aucun mal. Du ridicule peut-être.

— Décidément, mon pauvre ami, tu ne sais rien. Au lieu de me faire la cour, suppose que tu sois avec mon danseur, l'homme le mieux fait du monde.

— Eh bien ?

— Eh bien ! tu verrais. Il a un rouge pour la bouche, un autre pour les narines, un troisième pour le coin des yeux, un quatrième pour le lobe des oreilles, un cinquième pour le bout des seins, un sixième pour le nombril.

— Et un septième ?... »

Mon interlocutrice se fâche : « Dégoûtant personnage », puis elle appelle : « Pepo, hé ! Pepo. » La porte s'ouvre. Une soie joue un drôle de jeu autour d'une peau vernie. La danseuse ordonne : « Laisse tomber cette sortie de bal. »

Voici l'homme le mieux fait du monde tout nu.

Non. Pas nu, car à vrai dire le vrai, un maillot de crème et de poudre adhère aux moindres plis des aisselles et des cuisses. Je m'inquiète : curieux jersey. Drôle de pâte. Je ne comprends rien à ce torse, à ce ventre laqués. J'avoue préférer les surprises dont se marbrent nos pâleurs. Certes il est triste que nos corps condamnés aux vêtements perdent leur gaieté et finissent par prendre la mine des exilés, loin de leurs frontières. J'aime la couleur d'une peau bien cuite, la parure des bains de soleil, mais tous ces étalages des graisses brunes, rouges sur un corps...

La danseuse de l'homme le mieux fait du monde m'interrompt : « Tu nous ennuies. Ne l'écoute pas, mon pauvre Pepo. Un discours qui commence et nous passons dans dix minutes. Tu sais, il ne comprend rien. »

Femme, petite femme, je ne t'emmènerai jamais aux champs. Tu maquillerais le cœur des marguerites, tu poudrerais les pissenlits !

Elle hausse les épaules. L'homme le mieux fait du monde regagne sa loge. Il ne me reste qu'à suivre, sans conviction, les préparatifs de la danseuse qui, fidèle aux promesses des affiches : « Fête sur l'étang », clignote, libellule.

Trois coups.

En scène pour le I.

« Tu m'attends.

— Oui.
— Dans ma loge, ou dans la salle ?
— Je reste ici.
— À tout à l'heure.
— À tout à l'heure. »

J'ai honte. Ce qu'il me faut constater n'est pas à mon honneur. J'ai eu peur de la solitude, et voilà pourquoi je suis dans cette loge. À confesser le vrai, cette femme m'ennuie et, certes, je ne saurais à moi-même, à mes pensées préférer une petite théâtreuse qui parle sans rire de son art et, toujours sans rire, ne manque jamais l'occasion d'affirmer : « Si j'avais su, au lieu de me donner à la chorégraphie je me serais livrée à la science. » Pour moi je ne saurais envier la chorégraphie ni plaindre la science. Au reste, cette femme ne vaut ni plus ni moins que la plupart des autres. Pourquoi attendre encore la créature à peine tangente à notre globe et venue d'un monde lointain, supérieur au nôtre ? Et dire que cette passante pourrait me donner ma photographie : un fils. J'ai peur. Deux sous dans la fente. Et dans neuf mois, mon portrait en résumé. Mais cette petite bonne femme, si insignifiante soit-elle, comment aurais-je l'audace de ne voir en elle que la courroie de transmission. Quel homme a donc pu manquer de confiance au point de croire que la fécondité légitimait l'amour ?

Mais au reste qu'importe, toc et toc, retoc et retoc, on fait son petit devoir.

Le plus triste est que la peur d'être seul s'obstine certains soirs à devenir cette paresse douce qui à la pensée préfère la parole et le geste à la parole. C'est un de ces soirs-là qu'un camarade, alors amant de la danseuse, me conduisit chez elle. Je la trouvai dans sa loge en train d'expliquer à l'homme le mieux fait du monde la théorie d'un de ses oncles, le savant de la famille, auteur de *La Médecine par les plantes*, pour qui les maladies sont des rébus dont chacun trouve une solution dans la flore. Toutes les herbes guérisseuses découvertes, il n'y aura plus de souffrance. Dès ce premier soir j'entendis le beau regret : « Si j'avais su, au lieu de me donner à la chorégraphie, je me serais livrée à la science. »

La maladie de la danseuse était ce jour-là une tunique de soie verte. Tout porte à croire qu'elle nous prit pour des fougères miraculeuses puisque le fourreau s'ouvrit, glissa, glissa. Alors, elle rendit grâces au Ciel de l'avoir faite digne et capable de s'apprécier à sa valeur qu'elle n'estimait point médiocre. Elle explique : « D'un homme nu on doit dire qu'il est indécent, mais il faut appeler vision d'art une femme sans vêtements... »

Quand elle a fini son discours nous décidons d'aller tous quatre au Vélodrome d'hiver car nous sommes au temps des Six jours. Elle s'habille. Nous partons. Dans le taxi, la bonne femme se fait petite tout contre l'homme le mieux fait du monde. C'est qu'elle admire ce danseur qui, déshabillé, autant qu'on peut l'être sur une scène, applique, sans trouble, à sa peau une peau féminine.

Comme les gens des faubourgs qui mangent les coudes sur une table de bois blanc rêvent de meubles compliqués et n'estiment rien tant que les plus laquées et les plus inconfortables des armoires faussement chinoises ou japonaises, cette petite femelle pour qui le bonheur est l'exigence du mâle croit que prendre un partenaire du même sexe pour l'acte d'amour suppose ces splendeurs dont ruissellent les robes des reines sur des chromos de cruauté. Aussi entre elle et son amant, l'homme le mieux fait du monde a-t-il toujours figure d'arbitre.

Par exemple :

« Tu sais, à Rome, ma mère aimait à se promener au bord du Tage.

— Tu veux dire du Tibre.

— Je veux dire et dis au bord du Tage.

— Je t'assure...

— Imbécile. Tu n'es jamais allé à Rome, toi. Et puis ma mère savait bien les noms des fleuves d'Europe.

— Je n'en doute pas. Mais je suis sûr qu'à Rome, elle ne s'est pas promenée au bord du Tage.

— Tu me tuerais que je répéterais jusqu'au dernier soupir : ma mère à Rome aimait à se promener au bord du Tage.

— Consulte un atlas.

— Non, je vais téléphoner à Pepo. »

Au Vel' d'hiv, la bonne femme, fière de se promener au bras de l'homme le mieux fait du monde, réussit bien vite à nous semer, mon camarade et moi. Nous allions tous deux la tête vide, ne sentant pas nos jambes, grisés d'une courbe soudaine sur la piste et déjà morte avant même que nos yeux l'eussent fixée. Fatigués de la pelouse, nous étions montés jusqu'au dernier étage où, dans une atmosphère de sueur, de gros vin, de charcuterie, des hommes, des femmes passent des jours et des nuits entières. Ils étaient là serrés, faisant une mosaïque de leurs curiosités, de leurs corps, de leurs haleines et de leurs enthousiasmes à chaque pédalée. Ils suivaient aussi les promeneurs de la pelouse, envoyaient de belles ordures à ceux qui s'attardaient sur des marches pour mieux voir les cuisses des coureurs aux muscles bien réglés.

Soudain une clameur et quelques réflexions débitées par des femmes aux corsages de pauvres soies nous avertirent d'un incident. Un petit voyou en casquette mettait deux doigts dans sa bouche et sifflait avec la magnificence des jeunes bouchers. Comme nous lui demandions la cause d'une telle colère il nous désigna la pelouse, tout en bas : « Non mais des fois, vous ne l'avez pas vu ce type avec sa gonzesse en manteau rouge. »

Une gonzesse en manteau rouge. Nous ne pouvions pas nous approcher de la balustrade, mais comme la danseuse avait une cape de velours rubis, nous fûmes tout de suite persuadés qu'elle et l'homme le mieux fait du monde étaient les proies de ces quolibets.

Redescendus, nous eûmes tôt fait de les trouver.

Ils allaient, l'un près de l'autre sans se donner le bras, lui bien droit, le regard assuré, elle, peureuse un peu, mais un sourire de défi masquant toute crainte. De temps en temps elle tournait la tête vers lui, qui n'avait d'yeux que pour les jambes de cyclistes. Mais parce que la rage du populo, qui les avait découverts parmi tant d'autres couples, s'obstinait à les poursuivre, cinglés des mêmes coups, tandis que l'homme jouissait seul de l'attention mauvaise, heureux d'en être le centre, elle, n'avait de bonheur de toutes les insultes dont on les fouettait, que parce qu'elle se croyait, dans une possibilité de supplice, liée à l'être pour qui elle n'avait été jusque-là qu'un accessoire de théâtre.

Mais les jeunes marlous de l'amphithéâtre oubliant leur haine avaient repris leurs *Sporting*, et puis sur la piste le miracle continuait. L'homme le mieux fait du monde et sa danseuse furent bien aise de nous retrouver, car ils commençaient à s'ennuyer.

Pour moi, dès ce jour, elle ne cessa de m'irriter. Aussi a-t-elle eu tort de me laisser seul dans sa loge, car déjà j'ai choisi le mur où il me plairait de la clouer. Enfant, bien mieux que mes frères et sœurs, j'épinglais insectes et papillons. Le joli manche d'un couteau dans une folie rouge Colombine de velours et de tulle, et que dirait Pepo. Pepo pantin, Pepo putain.

Mais peut-être mieux vaut pour elle, pour moi éviter un tel drame. Et puis même dans sa douleur elle n'aurait pas une expression franche. Il me faudrait attendre sa mort et l'arrivée du commissaire pour voir enfin son visage sans mensonge.

Adieu petite danseuse de l'homme le mieux fait du monde.

Je laisse tomber deux gouttes de son parfum sur

mon mouchoir. Deux gouttes de souvenir, c'est bien tout ce qu'elle vaut. Une minute j'écoute encore ses entrechats, et sifflotant m'en vais la bouche en cœur.

Dans la rue.

« Tu es falot, mon ami », me suis-je dit, me croyant tout à coup personnage d'une comédie italienne, les yeux avec l'éclat du jais en plein amidon et le corps flottant sous mes habits.

Tu es falot, mon ami, et c'est pourquoi à la pensée tu préfères la parole et le geste à la parole, c'est-à-dire aux maux de tête la mandoline, et la pantomime à la mandoline. La tristesse, satin noir en grande largeur, prête aux effets de plaidoirie.

Du coude au poignet on imite le col des cygnes, on se trouve de la subtilité. Je combine des aumônes et les offre à ma propre tristesse. Complaisance du revers de la main.

Et cette manie de plaider irresponsable. De mauvaise foi, j'accuse les airs et les pas transatlantiques, les divans, les coussins, les boissons mélangées de champagne et de fruits, les jeunes filles et l'ambiguïté de leur camaraderie sur la terrasse du Luxembourg les matins d'hiver, à Bagatelle les soirs d'été.

Je souffre par votre faute, danseuses de mes vingt ans, par votre faute, et celle des jeux où nous étions poupées de buis pour peintre, à la joie de nous heurter, impénétrables dans les chocs, bois qui claquait, vigueur vernie et si lisses l'une contre l'autre, mais tout de même jouets de souffrance comme ces dents que le mal attaque à la pulpe.

Cure d'énergie, première résolution. Ne plus fumer les cigarettes blondes, qu'on prenait dans les coupes de bohème et les bols de jade. Ce soir je vais prendre un cigare et aller voir les boxeurs.

C'est un petit théâtre de quartier. Pas même : un petit théâtre de faubourg. J'entre. Un arbitre en veston annonce que le café du coin réserve une prime de vingt-cinq francs au vainqueur. « Et le vainqueur, prétend mon voisin, sera le nègre.

— Quel nègre ?

— Vous savez bien, le fameux... suit un nom, mais je n'entends que la dernière syllabe : Zo. »

Je demande : « Il est très fort ce nègre ? »

Mon ignorance doit être risible.

« S'il est fort ? Je crois bien. Il encaisse sans broncher. Voilà un homme.

— Et son adversaire ?

— Un brave petit bougre qui a du cran. Tenez, c'est lui qui arrive. »

Je vois un bonhomme tout blond, tout rose, sous une veste militaire d'où jaillissent un cou lourd, des doigts trop gros, et pour qu'on oublie le cou et les doigts, des jambes.

J'interroge mon voisin, bien informé. Le jeune homme qui a le bonheur de posséder ces cuisses, ces genoux, ces mollets fait-il son service militaire ?

On se récrie : mais non. Voilà belle lurette que Jojo n'est plus soldat. Mais il a gardé sa veste du régiment et il la prend chaque fois qu'il vient boxer, parce que ça vous a un petit air. Il est raffiné Jojo. C'est un dandy, un arti*sse* :

« Quoi ! encore de la coquetterie, de l'art comme chez la danseuse de l'homme le mieux fait du monde, moi qui espérais des garçons vrais jusqu'au sang. »

Le faux pioupiou a quitté sa veste.

Sur son caleçon une ceinture verte s'épanouit en nœud papillon. Et au-dessus triomphent un ventre et une poitrine blancs, si blancs que je les crois fardés. J'aimerais, avec la pointe d'un couteau, combiner des dessins sur tout son corps. Ainsi dans les foires les pâtissiers qui ont du goût décorent leurs gâteaux.

Bonbon fondant, bébé fondu, le soi-disant athlète mérite de vigoureux coups de poing. Pourvu que le nègre sache bien le torturer et même le martyrise un peu. Au reste le nègre est un gaillard à faire jaillir des chairs qui lui sont livrées des bouquets d'expressions, ce qui d'ailleurs ne l'empêche point de mériter lui aussi quelques reproches. Sa figure est trop fine. Quant au corps il semble d'un bois précieux et verni. Il est très beau et pourtant je n'ai pas envie de le toucher. Il ne doit être ni chaud ni froid. Je ne saisis pas les moments de sa respiration. Végétal ou minéral. Pas animal. Ses muscles habitent une peau insensible. Protégé de la douleur, il ne doit rien connaître de la volupté. Je le préférerais mafflu, le visage orné de lèvres au grain rugueux, et un museau, non, un groin en guise de nez.

Pour sa couleur, je la voudrais celle même de la boue, dans le voisinage des usines à gaz, en plein été, immédiatement après l'orage.

C'est toujours la même histoire : sous prétexte de civilisation il faut vivre au milieu des ersatz. Et déjà s'édifie un système qui explique notre perpétuelle solitude : si nous demeurons sans compagnons parmi ceux qu'on nous a dits être nos semblables, c'est que nous ne trouvons aucune créature spontanée. Personne qui sache nous valoir des états premiers et en étoffer notre existence pour une féerie magnifique et brutale à la fois.

Ainsi je suis seul dans un promenoir.

Du cuir frotte sur du bois, crisse dans la poussière. Deux hommes mélangent pour la joie des yeux du brun et du blanc. Ils prennent vie. Des raies roses embellissent dans tous les sens le dos trop clair. Ces éraflures me vengent du talc, des poudres. J'applaudis. Les ecchymoses vont bien au petit boxeur des faubourgs, mais pourquoi sourit-il ? J'ai envie de me fâcher. Il minaude. Est-ce donc la peine de donner et recevoir des coups ? Il mérite d'être puni. Je souhaite que le nègre lui casse toutes les dents. Puis je ferme les yeux.

Ce bruit mat, faut-il en accuser un soulier sur le plancher ou un gant qui fait plus ample connaissance avec une peau ? Si le petit est abîmé, il sera mon ami. J'aurai pitié, je serai bon. J'ouvre les yeux. Le Noir l'a poussé tout contre les cordes. Il halète, je vois dans tous ses détails le jeu des côtes. Hélas ! il profite de ce qui lui reste de souffle et de forces pour essayer encore des grâces. Alors je tourne le dos au spectacle. Un abat-jour de zinc doré me vaut plusieurs instants de contemplation mais, vite, je me retourne du côté de la scène car j'ai entendu des murmures où la plainte conventionnelle s'habillait d'espoir plutôt que d'anxiété :

« Ce sale nègre va le tuer.

— Il saigne comme un bœuf, ce pauvre gosse.

— Il a déjà une oreille comme un chou-fleur. »

C'est vrai, tout le bas du visage est couleur de bouche et une oreille est à moitié décollée...

On a compté jusqu'à dix.

Le nègre salue. Il a gagné les vingt-cinq francs, la gloire.

On relève le petit.

Il tient mal sur ses jambes. Il s'essuie avec l'avant-bras pour un sourire. Mais ses lèvres obéissent mal. On dit qu'il pleure.

Bénies soyez larmes qui avouez la douleur. Une souffrance qui se dérobe m'irrite. Par sa faute j'imagine que toutes les expressions heureuses cachent du désespoir. J'ai le goût de la vérité. J'aime les spectacles où n'entre aucune fiction.

Lorsque je rencontre des êtres combinés, mon étonnement va jusqu'au désir de leur mort ou de la mienne. Je souffre d'eux. Et dans ma chair.

Ainsi je me suis senti vidé, je me suis vu tout bleu, le jour où visitant un dispensaire de syphilitiques, parmi tous ceux ou celles qui venaient se faire soigner après leur travail, je ne rencontrai que des visages et des corps qui n'étaient pas de malades. Dans des éprouvettes, du sang couleur de celui que j'avais aimé, que j'avais bu, le matin même sur une lèvre amoureusement torturée. Et des putains au verbe haut, bien harnachées, attendaient, avec des piaffements séducteurs, leur piqûre. Un petit gars fait de l'œil à une jolie fille. La manche relevée il présente un bras musclé. Je ne sais pas s'il est fier de son bras, de soi tout entier ou de la maladie. Des femmes blanches au milieu de flacons et d'ampoules. Innocence et propreté. D'ailleurs il y a aussi des enfants qui sourient. Ils s'amusent à regarder les tubes de verre.

Tous semblent sains dans cette clinique. J'aimerais mieux les voir tomber en morceaux. Dans une léproserie j'aurais pitié, mais ils sont acteurs jusqu'à sembler bien portants. Pourquoi n'aurais-je point alors redouté, moi aussi, les gestes sans contrôle et la parole bégayante ?

Peau du visage, du cou, des mains, peau que ne couvraient ni les écailles ni les pustules, peau dangereuse, par la faute de votre mensonge, je me lamentais.

Mais qu'espérer des hommes, mes compagnons, acteurs d'une troupe à laquelle j'appartiens ?

Je connais assez l'art de feindre pour ne plus croire les vivants capables de vérité.

VII
La mort et la vérité

Seule la mort, en pétrifiant les plus chers visages, permet de croire définitive leur expression et définitif aussi le sentiment qui en naît au plus secret de nous. Quant à ces affirmations que le mouvement sans cesse renouvelle, chacune est de quelque vérité, mais que le temps limite et qu'on ne saurait confondre avec la vérité.

Ainsi la minute actuelle fait un mensonge d'une franchise antérieure.

Mais cesse la vie, et toutes les ficelles se cassent. Les pantins renoncent aux subterfuges de l'agitation, à l'épilepsie simulatrice. Les édifices conventionnels s'effondrent sous leurs étais de mensonge et alors, même si nous pleurons la catastrophe et croyons que le malheur va reculer encore certaines bornes, à contempler la débâcle où se trouve englouti ce à quoi nous devions le plus grand, parce que le plus sûr, bonheur, nous ne tardons guère à penser que mieux vaut tout de même qu'il en soit ainsi, car celui en qui nous avons mis notre complaisance dès la mort se divinise, tandis qu'il s'amoindrit et mérite même la haine si le feu illusoire d'amour ou d'amitié s'éteint, sous la seule action de la force dite des choses et qui ne manque jamais de triompher de la force des êtres.

Incapables de vivre sans l'arrière-goût du doute, lorsque nous est ravie la créature qui pour nous fut le plus près d'incarner la perfection, nous sommes heureux qu'elle n'ait eu ni le temps ni l'occasion de sortir du cercle idéal où l'exigence de notre amour prétendait circonscrire son humanité diffuse ; c'est pourquoi devant son cercueil nous cédons moins au regret qu'à l'exaltation déchirante, mais exaltation tout de même, de penser qu'une revanche nous fut donnée, et que si elle ne se poursuit point, c'est que la condition humaine seule empêche qu'elle s'accomplisse en durée, mais non la faiblesse de celui à qui nous le dûmes.

Et puis, la magnificence d'un corps débarrassé de la vie et que nos mains colorées, chaudes mais faibles, n'osent toucher est déjà, semble-t-il, d'un monde où commence le vrai et son règne insensible, puisque le sensible auquel nous devons de nous renouveler, c'est-à-dire de nous nier et nous renier sans cesse, ne saurait tolérer rien de définitif.

Nos amours, nos haines, nos essais les plus passionnés ?

Des reflets sur l'eau et nous avons appris, pour notre malheur, notre honte, que l'eau est sans couleur, sans saveur, sans odeur.

Condamnés à ne pas savoir si nous serons quelque jour délimités, caméléons de formes et de couleurs, lorsque certains reflets sur l'eau séduisent, parce qu'en dépit du désir que nous en avons, nous ne parvenons pas à les fixer et parce que, malgré tout, nous avons décidé de les croire réels, pour justifier l'abus de pouvoir, nous essayons de fabriquer une vérité de l'insaisissable.

Le mouvement continue à déformer objets et êtres autour de nous et les déforme si bien que nous ne les reconnaissons pas. Néanmoins nous parlons de vérité. De vérité relative. Et ce sont des bouquets combinés. Nous assemblons, pauvres fleurs, les suppositions qui nous ont paru propres à distraire, un temps, les moins frivoles. Le tout se fane vite. L'ère des divertissements ne peut durer.

Rien ne prévaut contre cette angoisse dont est pétrie notre chair même et qui, nous desséchant d'une soif de vérité, doucement nous pousse au pays des miroirs absolus : la mort.

Aucun effort ne s'opposera jamais à l'élan mystérieux qui n'est pas l'élan vital, mais son merveilleux contraire, l'élan mortel.

Si j'essaie de temporiser, en me dédiant aux vérités relatives et à leurs piètres prétextes, les phénomènes extérieurs, très vite il me faut reconnaître que fuyant l'idée de la mort je n'ai pas accepté non plus celle de la vie, et que tous mes actes furent de petits suicides momentanés qui me diminuèrent sans m'éloigner de la douleur. Je n'ai pas voulu me sentir vivre. J'ai descendu l'escalier qui menait au bar souterrain et lumineux. J'ai bu, j'ai dansé. Ma chair devenait insensible. J'ai baisé toutes les bouches pour être bien sûr que je n'avais plus ni désir ni dégoût. Entre deux boissons j'ai combiné des affaires, des articles pour le lendemain. J'ai ébauché une aventure. Et j'ai entassé les projets sur les projets. J'ai pincé ma peau devenue indifférente. Je me suis mordu la main, et je n'ai pas reconnu le goût humain. Et voici que l'aube me surprend étranger aux choses et aux créatures. Ai-je donc péché que je me voie, et souffre d'un tel dégoût à me voir : « C'est un péché que de se trop connaître, un péché contre soi », me dit le compagnon qui pleure mais dort bien. Et je rentre seul par des rues couleur de remords. Mes larmes ne coulent pas, mais je ne puis reposer. Ce mal de tête et cette lucidité ce sont tourments d'enfer. Oui c'est péché contre soi-même que d'avoir voulu voir en soi, que d'avoir vu en soi.

Péché contre soi-même parce qu'on ne va pas jusqu'au bout de sa franchise. Mais ne suis-je point déjà mort que, soudain, un chant sans parole, une lumière sans rayon éclatent ? ma faiblesse supportera-t-elle leur aveuglante beauté ? Ô mon apothéose. La chaleur de mon front est celle du soleil. Tous les océans du monde ont empli de leur victoire mes oreilles. Une seconde, du fond de la douleur, je suis remonté, jusqu'à la joie.

Dites aux hommes que je suis heureux. Dites aux hommes qu'une minute au moins je me suis échappé de leur globe d'attente. Je n'ai plus composé avec l'angoisse, et c'est pourquoi mon silence fut tissé d'allégresse, mais déjà ma tête redevenue de plomb cherche la douceur terrestre d'un oreiller.

Vais-je retomber dans un monde de petits objets, de petits individus ?

La douloureuse surprise des songes qui m'interdit tout espoir de repos rend inconcevable le néant.

Et si la mort n'était qu'un mot ?

Ma cravate ne demanderait pourtant qu'à faire de moi un pendu. J'aime la légende de la mandragore. J'aime aussi en vérité l'odeur de la semence humaine. Homme mort, ferai-je pousser une plante entre les lattes de ce parquet ? – Mais non, cabotin. Tu vas encore temporiser. Tu es passé par le point magnifique. Et déjà tu cherches à gagner du temps, à perdre ta vie.

Il faut parler de fuite ou de ruse.

Je suis devant mon papier, docile aux arabesques de ma plume. D'ici quelques minutes, j'aurai perdu jusqu'au souvenir d'une peur à la consolante pureté ? Je ne serai même plus en danger.

En effet tout ce qui de nous est susceptible de se traduire par des gestes ou des phrases n'est plus à craindre. À espérer non plus d'ailleurs.

Voici l'heure de dormir et de se régénérer par quelque bon cauchemar.

Or, au réveil, juste après la minute nécessaire pour reconnaître mon corps, mon lit, ma chambre, j'aurais honte de n'avoir pu supporter la compagnie des problèmes sans symbole de la voix, de l'écriture ou des êtres. Ainsi la sécurité fabriquée marque non un progrès mais une décadence dont au reste aucun critérium raisonnable ne permet de juger ; seule contraint à penser ainsi cette sensation d'âme à quoi nous devons, bien plus qu'à notre intelligence victorieuse, le bonheur sinon d'éprouver du moins de toucher la vérité. Or si la satisfaction de l'intelligence ne peut rien pour notre paix, combien moins utile encore sera l'aide des réussites humaines. C'est parce qu'elle me vaut, cette sensation de vérité, une joie telle que je n'en saurais rendre compte avec des mots humains que je la crois d'un autre monde et que, sous l'action de son miracle, je me figure être déjà passé par les portes de la mort.

Avivée des seuls reflets de mes minutes, l'eau glisse entre mes doigts, plus furtive encore que le sable du sablier dont il est convenu qu'il donne l'image de la vie. Ce que je veux ce n'est ni du sable ni de l'eau mais une vérité indéniable comme un œuf. La vérité.

La vérité. Dès qu'un homme, dans une assemblée, parle de Dieu ou ce qui revient au même de la Vérité, avec un V majuscule et absolu, ses voisins de rire. Mais, interrogez chacun de ses voisins et ils vous avoueront leur effroi devant de tels mots. C'est que les uns ont renoncé (sans parvenir à n'y plus penser) aux problèmes essentiels ; c'est que les autres ont essayé d'un arrangement provisoire (mettons humain) qui ne saurait les satisfaire. Je pense à cette phrase qu'un homme anxieux écrivit, réponse à des remarques désespérées : « *Il y a beaucoup de grandeur dans un peu de vérité.* »

Beaucoup de grandeur dans un peu de vérité ?

Pourquoi ? Si j'ai rêvé d'une solitude telle que je ne serais pas tenté, le soir venu, de chercher le contact illusoire d'une chaleur humaine c'est bien que ce « *un peu de vérité* », au cours de toutes mes tentatives quotidiennes, ne m'a jamais contenté. C'est lui au contraire qui a permis au mensonge (le mien et celui des autres) de tenir debout, car si la vérité n'est susceptible d'aucun alliage et, par conséquent, apparaît étrangère à un monde où tout est fusion, le mensonge ne saurait être conçu à l'état pur, je veux dire sans ce « *un peu de vérité* » dont se contente notre aimable faiblesse. Ainsi, je ne vois point la possibilité d'un mensonge absolu non plus que d'une vérité relative.

Au reste, il faut reconnaître que, dès que la vérité dépasse ce « *un peu* », nous sommes éblouis et faussons à nouveau l'éclairage, tout comme, les jours de trop grand soleil, portons des verres fumés. Mais, dans la demi-obscurité où nous nous condamnons à vivre et nous nous croyons forcés de vivre, nous ne désirons que cet accident lumineux, qui déchire de haut en bas notre ennui et, par la douleur, réussit à nous donner sensation d'être.

Nos recherches sexuelles peuvent d'ailleurs elles-mêmes s'expliquer fort vraisemblablement par l'axiome : « *La volupté est fonction de la douleur* ». Mais, parce que nos corps et nos âmes ne sauraient doser ces jouissances qui, leur donnant l'oubli des états antérieurs, leur permettent quelques secondes d'une vie enfin dédaigneuse de la mémoire, parce que nous manquons de poids et de mesure, contraints à de perpétuelles surenchères, nous sommes amenés, suivant le degré de notre tempérament, au désir du sommeil ou de la mort et, à force d'ardeur, souhaitons la minute qui nous libérera d'une existence que nous ne savons ordonner.

Toute la vie, ainsi, rôderons-nous autour du suicide dont les législateurs ont fait un péché pour que ne soit pas désertée la terre.

D'un suicide auquel il me fut donné d'assister, et dont l'auteur-acteur était l'être, alors, le plus cher et le plus secourable à mon cœur, de ce suicide qui – pour ma formation et ma déformation – fit plus que tout essai postérieur d'amour ou de haine, dès la fin de mon enfance j'ai senti que l'homme qui facilite sa mort est l'instrument d'une force majuscule (appelez-la Dieu ou Nature) qui, nous ayant mis au sein des médiocrités terrestres, emporte dans sa trajectoire, plus loin que ce globe d'attente, les seuls courageux.

On se suicide, dit-on, par amour, par peur, par vérole.

Ce n'est pas vrai. Tout le monde aime ou croit aimer, tout le monde a peur, tout le monde est plus ou moins syphilitique.

Mais en fait pourquoi ne verrais-je pas dans le suicide un moyen de sélection ?

Se suicident ceux-là seuls qui n'ont point la quasi universelle lâcheté de lutter contre cette sensation d'âme déjà nommée, si intense qu'il nous faut bien jusqu'à nouvel ordre la prendre pour une sensation de vérité.

N'est vraisemblablement juste ni définitif aucun amour, aucune haine. Mais l'estime où, bien malgré moi et en dépit d'une despotique éducation morale et religieuse, je suis forcé de tenir quiconque n'a pas eu peur et n'a point borné son élan, l'élan mortel, chaque jour m'amène à envier davantage ceux dont l'angoisse fut si forte qu'ils ne purent continuer d'accepter les divertissements épisodiques.

Les réussites humaines sont monnaie de singe, graisse de chevaux de bois. Si le bonheur terrestre permet de prendre patience c'est, négativement, à la manière d'un soporifique. La vie que j'accepte est le plus terrible argument contre moi-même. La mort qui plusieurs fois m'a tenté dépassait en beauté cette peur de mourir, d'essence argotique et que je pourrais aussi bien appeler timide habitude.

J'ai voulu ouvrir la porte et n'ai pas osé. J'ai eu tort, je le sens, je le crois, je veux le sentir, le croire, car ne trouvant point de solution dans la vie, en dépit de mon acharnement à chercher, aurais-je la force de tenter encore quelques essais si je n'entrevoyais dans le geste définitif, ultime, la solution ?

Au reste, la hantise du suicide, sans doute, me demeurera la meilleure et la pire garantie contre le suicide.

VIII

Les pays et les rêves

Déchirer la photographie de la créature la plus chère, effeuiller une rose, le dernier présent de ceux qui parfois réussirent à me faire aimer certaines minutes, et penser à la mort dans la plus anonyme des chambres d'hôtel, n'est-ce point là trop d'orgueil ?

J'ai rêvé d'un absolu par le vide et voici que peut-être il me va falloir coucher avec des fantômes.

Ô les braves égoïstes, qui usent du pluriel de politesse pour déclarer, comme s'ils étaient des papes : « *Nous nous suffisons à nous-mêmes.* » Si je sais que les autres ne me peuvent suffire – parce que peut-être je ne leur suffirais pas –, puis-je dire, sans feintise que, moi, je vais maintenant me suffire à moi-même ?

Quand je suis seul j'oublie l'existence des autres, mais ce n'est que pour mieux douter de la mienne.

Sans être, sans objets, à qui vouer les mouvements de mon corps ou de mon âme, que me reste-t-il ?

Faisons nos comptes, que me reste-t-il : cette nuit, hormis la montagne qui le jour, à mon arrivée, commençait verte, devenait grise, finissait blanche. Je retourne à la fenêtre. La lune s'est levée, la lune éclaire la route, le torrent parallèle à la route, la chaîne parallèle au torrent. La lune éclaire le paysage et, puisque, bonnes ou mauvaises, ma faiblesse s'acharne à réclamer des raisons, les fameuses raisons de vivre, je répète, comme s'il s'agissait, en vérité, de quelque talisman de bonheur : « *La lune éclaire le paysage.* »

Alors, qu'importent le bois blanc de l'armoire, la

commode et ses quatre tiroirs qui n'ont pas su garder l'aveu léger des parfums, la chambre sans visage, le papier qui la décore, et ses roses roses sur fond pâle.

Il y a le paysage.

Le paysage ? Ce n'est qu'un mot, hélas ! un souvenir d'amphithéâtre sous les combles d'une Sorbonne craquante de la canicule et d'examens, ballon de torpeur chaude soudain crevé par la vrille d'une voix universitaire... « Et troisième sujet : commentez le mot d'Amiel : " un paysage est un état d'âme " ».

Bien entendu, c'est le troisième sujet que choisissent tous les candidats, et telle est la précipitation de certains qu'ils retournent ce fameux axiome aussi simplement que s'il s'agissait du premier bonnet de coton venu et, au lieu de dire comment un paysage peut bien être un état d'âme, prouvent qu'un état d'âme est un paysage. Et là-dessus un souvenir de Verlaine et de ses piètres violons, et nos étourdis de citer le sonnet : « *Votre âme est un paysage choisi.* »

Mésaventure, Amiel, qui vous prouve que les plus subtiles maximes sont réversibles. Pour vous, d'ailleurs, hormis cet incident, vous n'avez guère à vous plaindre. Beaucoup qui entassèrent traits de génie, réflexions quintessenciées et paradoxes ne gagnèrent rien de cette gloire, qu'une seule phrase, une seule petite phrase simple comme bonjour, vous conquiert toute.

Une seule phrase ? Si vous viviez encore, il faudrait me confier le soin de votre publicité. Vous verriez comme je m'y prendrais.

Sur les murs, à la dernière page des journaux, en capitales, des impudents osent se vanter : « La timidité vaincue en cinq leçons. Cent mots à la minute. » Je voudrais bien chronométrer les cinq heures qui donneront de l'audace aux honteux et je défie votre meilleur élève, école Pigier, de sténographier en soixante secondes les cent mots qu'il me plaira de mettre en file, onduleux, rares et terribles.

Mais parlez-moi d'Amiel et de sa fameuse phrase. J'annonce : « *L'immortalité en vingt syllabes* » et sans même signaler l'existence du *Journal*, n'ai qu'à répéter : « *Un paysage est un état d'âme* », pour que personne n'ose me contredire. Exemple unique dans l'histoire des lettres. Seul, l'auteur de certain sonnet pourrait prétendre – mais de loin – à la même sorte de gloire. Or cette affirmation d'Amiel, des candidats nous la mettent cul par-dessus tête et c'est un saut périlleux, non moins périlleux et surtout non moins surprenant que celui qu'exécuterait par exemple un nouveau président de la République, en signe de joyeux avènement, devant l'assemblée dont il est l'élu, ou un généralissime en présence de toutes ses troupes réunies.

Paysage état d'âme. La Sorbonne, le jour de mon baccalauréat, Verlaine et ses musiques falotes que je rougis maintenant d'avoir un peu aimées. Souvenirs de mon adolescence et même souvenirs scolaires. Pourquoi cette récapitulation, ce soir, devant une montagne dont j'espérais si fort qu'elle serait aimant ? Mes pensées voltigent. Rien ne les lie. Nul point précis ne les attire. Papillons frivoles que n'excuse point l'éclat des ailes, pensées couleur de mes yeux qui ont sommeil et ne se fermeront point pour le repos simple, mais, ce soir, impossible.

Lyrisme et litanies de mon insuffisance. Seuls me sollicitent les souvenirs qui condamnent au doute. Devant toutes les poupées cassées, la mémoire sait trop bien feindre l'attendrissement. Elle sourit, joue à la petite fille, parle d'une enfance que trop tôt endigua la pitié. Mais voici que le sourire se crispe. La petite fille se ride, fait une mine, prend des airs vieillots. Courbes soudain redressées, les lèvres s'amincissent, les narines se dilatent, les yeux se voilent. L'homme ne sait plus ce qu'il prend et ne peut plus prendre ce qu'il croyait savoir. Les paupières sont fanées et les narines qui ont la transparence triste du parchemin ne battront plus. Collée aux mâchoires, la peau des joues laisse voir l'ombre des dents. J'ai assez bon caractère pour me résigner à n'être plus que le chef d'orchestre de mes cauchemars. Tous les instruments du doute, instruments de torture et de subtilité musicale, sont bien d'accord. Torture, subtilité musicale ? Ce soir, je souffre de ne pouvoir embrasser la chair rouge de quelque bonne certitude. Ce soir, j'avais un tel besoin d'être sûr. Fini le jeu des suppositions. Pour spéculer sur l'incertain il faut une salle éclairée, chauffée, peuplée. Vive l'hypothèse, son arrière-goût précaire et d'amertume lorsqu'on est deux, lorsqu'on est trois, lorsque chacun croit à la vie de l'autre, des autres et que se peuvent faire des échanges, se créer des courants qui réchauffent les cœurs et s'épanouissent en pétales assez larges pour cacher l'inquiétude et la maigreur des poitrines.

Mais celui qui est seul ?

Zébré de désespoir, il ferme les yeux et ce n'est pas même l'obscurité définitive. Mille points brillent et les paupières à l'intérieur offrent le mensonge des pierreries, un monstrueux mensonge et plus incompréhensible que celui dont éclaire, couleur d'opale, la gélatine des méduses.

Minerai trop pailleté, la nuit ne connaîtra point le repos. Dès le premier rêve, la tête se détache, saute au beau milieu de la chambre et, boule, roule, bondit et rebondit de l'un à l'autre des quatre murs qui se l'envoient avec de grands éclats de rire. Le lit a pris la hauteur d'une montagne. Un paysage composé de tout ce dont est fait l'ameublement usuel à la place des pics, vallées, forêts, présente des guéridons, chaises, draps, tapis. Interminables glaciers des serviettes-éponges, plateau de la table d'où ne saurait descendre qui s'y aventure et, dominée par le massif des chaises, en vallée, cette descente de lit que le soleil n'embellira jamais.

Voyages et surprises. En dépit de l'épouvante nocturne, la tête sans corps ne connaît aucune joie de reprendre à l'aube sa place sur des épaules, de couronner une double courbature.

Seule l'ecchymose des songes fleurira la tristesse des paupières et les yeux voudraient que jamais ne se soulevât le voile dont la douceur protège du spectacle qui recommence et du désordre sans possibilité parmi quoi, tout un jour et bien d'autres encore, il va falloir chercher des raisons de continuer à vivre.

Ce soir, comme tous les soirs, j'ai moins peur de la nuit que du réveil. Le petit jour met trop d'obstination à ramener les incertitudes, toujours les mêmes. Au moment de dormir, je m'acharne a trouver quelque sécurité qui m'aide à reprendre avec plus de courage la suite de mes jours. Comme on a besoin de manger et de boire, oui, j'ai besoin d'être sûr. Sûr de n'importe quoi. Sûr, par exemple, que la patronne de l'hôtel dont le corps semble lourd sous la blouse est enceinte et qu'elle accouchera d'un garçon, que ce garçon deviendra militaire, mourra général. Être sûr du plus infime, du plus stupide, mais être sûr.

Or, à sentir que mon incertitude a fait tout le mal et combien, momentanément, elle me serait moins pénible, si d'autres l'entouraient miroirs déformants et dans lesquels, à la fin, elle ne se reconnaîtrait plus, pourrais-je n'excuser point ce désir qui pousse les hommes à se perdre dans la foule ?

Grâce à certains points de comparaison, l'individu néglige tout ce qui le fait différent des autres. Il arrive à ne saisir que des similitudes, et croit qu'il ne va plus souffrir, parce qu'il ne sent plus rien de précis dans sa douleur. Mais cet individu qui croit à l'unité des masses dans lesquelles il s'obstine à vouloir se perdre n'est même pas l'indivisible. Il parle de larges synthèses humaines et son être n'est pas une synthèse achevée. Ainsi la solitude ne m'offre point cette sensation d'unité dont j'attendais le réconfort pour mon orgueil en quête. Et, tout de même, qui de nous, souvent, n'a pas feint de se croire défini pour mieux éviter la peur des rêves, des désirs qui prolongent ? On m'a jadis conté l'histoire d'un certain Bucéphale que son ombre effrayait. Certes, le cheval d'Alexandre permettrait de bien faciles symboles. Or j'ai beau ne pas vouloir me servir d'une image aussi complaisante, je ne puis oublier le jour où me fut dénoncé, voisin de l'être que je m'étais cru, visible et précis, son jumeau, mon jumeau de velours noir insaisissable et fuyant. Une projection qui me rejoignait par le mystère fragile de je ne sais quelle charnière me continuait en caricature de cauchemar. Comment ne me serais-je point cabré, comment n'aurais-je point essayé quelques pas de fuite ?

Aujourd'hui, le monstre habite ma chair même, ne cesse de se démener, me tente, me persécute, me désespère. Plus fort que les raisons de ma raison et jamais ne daignant s'expliquer, il a le triomphe hautain. Par vengeance, il me faut le rendre responsable de mes malheurs et de mon indignité. Si la paix était en moi, ce soir, je penserais qu'elle couronne avec justice une journée consciemment employée toute à sa recherche. Mais, puisqu'il faut accuser, je désigne celui qui affirme sans savoir.

Si j'ai pris la fuite, si j'ai quitté mes amis, mes ennemis, ceux à qui je devais de croire que n'était pas tout à fait vide le théâtre où chaque journée s'essayait à de nouvelles tragi-comédies, est seul coupable ce moi-même invisible qui me contraignit à parfaire des ébauches de velléités, sans jamais donner des prétextes valables. Comme serait plus réconfortant l'exhibitionnisme d'une sagesse aux apparences d'ordre. Et puis, un doute demeure. Je ne reconnais plus le corps de son ombre et me demande : est-ce l'homme que je me veux, me crois, me sens ou bien son double vide de conscience, mais apte à mimer tous les désirs, à exagérer leur douloureuse tentation ?

J'envie les géologues, hommes au cœur simple et qui ne doutent de rien, car du globe dont ils s'occupent ils ont réussi à faire une petite boule apprivoisée et démontable. Ils coupent la terre en deux et après cette petite opération nous offrent un moka idéal et saugrenu d'ères successives. Et le tour est joué. Le tour d'ailleurs a semblé si simple que nos psychologues durant des siècles s'y sont essayés. Peine perdue. Les éléments demeurent en fusion. La tranche de vie est un lambeau de brouillard tristement sanglant. Et toujours cette obsession : il nous faut compter avec nos rêves.

Oui, nos rêves.

Cette petite fumée, après quoi s'acharne toujours notre course aux sécurités, soudain s'évapore et c'est à recommencer. Et nous cherchons un feu nouveau. Je pense à cette jarre qui dans un décor de ballet, tout près d'une maison, dont un de mes amis disait qu'elle devait abriter un sphinx, reste sur une scène vide, après le départ – enfin – des danseurs importuns. Allons-y de notre petit symbole. Les danseurs importuns, ce sont les divertissements quotidiens et qui ne gardent même point cette séduction pittoresque dont la qualité certes n'est pas grande, mais dont nous espérions qu'elle pourrait aider encore à quelque illusoire passe-temps. Mais le temps ne passe ni ne coule. Les danseurs sont partis et ont bien fait de partir. La jarre est seule sur la scène. Une fumée sort de la jarre. Me direz-vous qu'un bossu y est caché qui fume benoîtement sa pipe ? Qu'on appelle le bossu instinct sexuel ou de conservation, la fumée, les rêves n'en montent pas moins de la jarre, de notre sommeil. Et ces rêves, cette fumée ne sont point la somme d'une jarre, d'un bossu, d'une pipe, non plus que d'un sommeil, d'un corps, d'un instinct.

Nous n'avons pas la stupide consolation de nous séparer en tranches, en quartiers. Réel et impondérable, un nuage s'élève de mes heures libres. Mais au réveil il me faut avouer que je me rappelle moins les images que cet état qui en naquit. Recommençant une vie contrôlée, j'essaie avec les moyens de ma petite expérience aux yeux ouverts de suivre en sens inverse ce que nos pédants baptisent processus et, parti d'un état vague mais péremptoire, cherche des précisions qui ne parviendront du reste point à me sembler indéniables.

Au fur et à mesure que le jour m'éloigne du rêve nocturne, l'état qui en fut le résultat s'évaporant, je suis, pour le recréer, contraint de courir après un plus grand nombre d'images, de mots. Ainsi naît certain mensonge déjà signalé. Le mensonge de l'art. On prend un corps, un sexe. On prend une toile, des pinceaux. On prend du papier, une plume.

Hélas ! il n'y a plus ni fumée ni rêves. Un enfant interrogé au matin expliquera sa joie ou sa terreur nocturnes par un seul fait. À midi les accessoires du songe auront été doublés, deux heures après triplés et ainsi de suite.

Donc nous cherchons les sensations *nettes et insuffisantes* capables de recréer un état *vague* et *suffisant*. Je rêve d'un goût de chair humaine (non caressée ni mordue, mais mangée). Je me réveille avec une surprise dans la bouche. Comment y vint-elle ? Je crois que j'ai vu des guirlandes de peau décortiquée. Ces guirlandes ornaient ma chambre alourdies de fruits humains semblables à ces lampions du 14 Juillet. Je suppose que j'ai dû cueillir un de ces fruits, le manger. Mais cette hypothèse et les images dont j'ai tentation de l'embellir ne suffisent point. Je suis sûr d'un goût de chair dans ma bouche. La langue est une île inconnue dans la géographie des rêves, et pourtant, quand j'ai cessé de dormir, ma langue, oui, ma langue pensait qu'il est assez facile de devenir anthropophage.

Voilà un rêve qui n'est guère pittoresque. Pourtant je le donne pour un de mes plus étranges. Il m'a hanté toute une nuit et tout un jour. À la recherche de cette secousse qui me fit l'égal confus de Dieu, j'essaie de bâtir une tour qui n'arrivera jamais à me mener si haut que cette fumée au goût de chair humaine.

Notre sommeil coupé en deux, nous nous apercevons que l'esprit libéré ne s'enchaîne point toujours à ces prétendues merveilles qu'il plaît à nos minutes lucides d'amonceler. Bien plus que des dragons ou les éruptions des volcans de porcelaine, m'épouvante ce nettoyage par le vide qui me vaut par exemple de rêver que je ne rêve point. De même une combinaison des plus stricts et plus lucides raisonnements.

Éveillé en sursaut, je me surprends occupé à quelque travail inexorablement logique. Je suis peut-être fou, puisque j'ai eu un rêve qui ne l'était pas. Le bonheur serait de n'avoir point à me reprocher ce goût des subtilités.

Un homme fort ne se pose que deux ou trois questions ; répond oui ou non ; s'endort ou agit. Mais, toujours fait comme s'il n'y avait rien dans l'univers qui ne fût très évident.

Comment ne pas lui donner raison ? Il est fort, il est heureux. Mais est-il heureux et fort parce qu'il *fait comme si*, ou au contraire *fait-il comme si* parce qu'il est heureux et fort ? Cause ou effet ? Les aller et retour s'enchevêtrent. À tel point que même dans ce cas – le plus simple – déjà je ne m'y reconnais plus.

IX

Rendez-vous de sensualité, rendez-vous manqués

J'ai vingt-cinq ans. Cet âge, sans doute, équitablement, peut compter d'autres plaisirs que celui de démêler des écheveaux.

Donc un peu de précision et même, pourquoi pas ? de brutalité. Après avoir consenti à figurer dans telle ou telle catégorie – me déclarant par exemple un sensuel – suis-je capable de me coucher et de m'endormir d'un sommeil voué tout entier à la joie que ne manquera certes pas de me valoir la résolution d'essayer, dès l'aube, quelque aventure ?

— Une aventure dans ces montagnes !

Allons donc ! Qu'attendre d'un pays perdu ?

— Mais ce pays perdu est un pays bien portant. Au reste, j'ai ouï dire que les animaux se prêtent volontiers à la curiosité amoureuse des hommes. Et sans doute, pour l'ordinaire, les uns et les autres y prennent-ils quelque agrément, puisque aucune religion n'a omis de le défendre. D'ailleurs, la montagne n'est point réservée aux seuls animaux et pourquoi n'espérerais-je point aussi de qui les gardent. Toute peau à cette altitude doit être bien cuite et offrir, à respirer d'un peu près, une surprise plus affamante que celle du pain chaud. Et, déjà, se laissent deviner les rudes secrets dont sauront user naïvement les corps, en vraie peau, en vrais os, en vrais poils et tapissés de vraies muqueuses, pour attiser le désir au plein air, quand le soleil tombe à pic, découpe en tôle l'ombre des arbres et fait plus haletant le souffle des bêtes qui n'ont que la langue pour transpirer.

Donc je partirai de bon matin. Amoureux des prairies, je caresserai l'herbe, les fleurs. Mes paumes seront heureuses. Je les joindrai en coupe, et ma bouche, pour se mettre en goût, permettra de s'échapper à une langue qui sans doute alors connaîtra la surprise d'un coin de ma peau – mes mains trop visibles – demeuré mystérieux quoique ou parce que sans protection de vêtements, de linge.

Je marcherai.

De la fraîcheur dans mes cheveux et tant de joie qu'à l'étage au-dessous on oubliera de penser.

J'ouvrirai ma chemise jusqu'à la ceinture. Autour de mon torse la brise essaiera un drôle de jeu. Chaque caresse s'imprimera en cercles de douceur. Des joies parallèles s'additionneront pour me donner la méprisante vivacité du zèbre et, mon épiderme devenu robe de bonheur, ma poitrine s'élargira et se tendront mille petits muscles élastiques et jamais soupçonnés.

Déjà les herbes se font plus hautes.

Des fleurs touchent mes genoux.

Ma chemise glisse.

Une épaule, un bras entier s'offrent à tout ce bleu du ciel.

J'ai honte de ce qui me reste de vêtements.

Belle vengeance. Si longtemps mes habits durent mépriser le corps que je leur offrais.

J'arrache ma chemise.

Ma poitrine va-t-elle s'ouvrir, ruche enfin soumise aux abeilles du bonheur ?

Et soudain je comprends pourquoi les pâtres de tous les temps demeurèrent attentifs aux insectes, aux cigales, à l'obstination bourdonnante des champs. Il faut être docile. Dans les villes mes pieds prisonniers du cuir s'obstinaient à quelque vengeance. Toute ma peau exilée s'exaspérait jusqu'à ne plus savoir, après l'attente des jours, utiliser pour le plus grand bonheur nocturne quelque autre peau dont la recherche avait compliqué les heures. Mais aujourd'hui la chair est libre, mes pieds ne se rappellent plus les chaussettes, les chaussures. De simples espadrilles les protègent, des herbes les caressent. Parfois jusqu'à la peur.

Quel miel allez-vous donc m'apporter, désirs, dont j'ai laissé se disperser l'essaim ?

Je suis curieux de toutes les fleurs.

Mais déjà voici le troupeau des corps animés par le sang. Déjà voici venir les victimes que réclame mon orgueil d'homme nu. J'étais un homme perdu. Je me suis retrouvé. Enfin je suis l'Homme. Je crois en ma grandeur parce que j'ai marché nu dans le soleil. Je puis souffler mon souffle aux coins les plus secrets de mon corps. Il n'y a pas de toit entre ces nuages de chaleur et ma sécurité.

Je vois, je tâte, j'aime mon ventre, mes cuisses, moi, en pleine lumière, en pleine solitude, en plein désir.

Mais déjà voici le troupeau des corps animés par le sang. Déjà voici venir les victimes que réclame mon orgueil d'homme nu.

Les chèvres, les vaches, les chiens, celui ou celle qui les garde.

Il faut.

Allons.

Mais...

... Mais quoi, alors ?

Et c'est déjà une tristesse à ma bouche, corps rencontrés, corps impraticables qui étaient pourtant des corps voulus.

Mes paumes n'ont pas oublié la fraîcheur d'une chemise dont la transparence laissait, en réponse à mes premières exigences, deviner cette chaleur qui montait en bouffées tout au long d'un corps qu'il me plaisait de surprendre.

Réminiscences et parfums.

Un souvenir de talc faisait une plaine bien lisse de toute une surface spontanément offerte à l'amour.

Certains plis gardaient un orient secret. Plantes des pieds qu'une finesse d'épiderme révélait sœurs de mes lèvres, charnières des jarrets, saignée du bras qu'il suffit de caresser pour n'ignorer plus la pitié et toutes ces oasis d'odeur humaine qui persuadent le désir. Ventre creux, ventre de Christ, cuisses polies, colonnes de mystère où s'accomplit le travail des muscles bien réglés. Mes doigts à peine tangents, les laisser aller et, par le sommet de leurs petits monts sensibles, apprendre à connaître les vibrations d'une créature qu'on force à l'amour, au bonheur. Et puis comment ne point vouloir se perdre au sein des pays qu'offre un atlas voluptueux. Cette veine traverse la presqu'île d'une jambe en rivière souterraine. De l'une à l'autre hanche c'est la plaine haletante qui, tout à coup, s'élève pour s'achever par une vallée de tendresse au milieu de l'indolence des monts – pics indéniables ou dômes aux courbes à peine perceptibles – si doucement nommés mamelles. Je n'aime pas le mot sein dont la brusquerie convient si mal à ces surprises élastiques glissant langoureusement vers l'isthme du cou. De cet isthme, éventail de subtilités, des fibres s'épanouissent pour effleurer le plateau des épaules, les steppes du dos, les môles des mollets, les caps des coudes et des genoux, semblables à ces courbes qui marquent le passage des paquebots. Rocher en bec d'aigle, le menton assiste impassible aux tempêtes. La bouche est le gouffre où le plus voluptueux de notre chair a connu les doux naufrages et aussi les terribles tempêtes tout contre les rochers des dents.

Créature protégée par le dôme de mon amour, comme le plus beau pays par un ciel à l'arc bien tendu, créature éternellement présente, ton souvenir m'empêche d'aimer qui ne te ressemble pas.

Nu dans le soleil et si près d'être à jamais sauvé, c'est le réveil d'une chair pour qui la lumière, la joie ne peuvent être encore que d'intermittents miracles.

Vaches, chèvres, qui les garde ?

J'entends les cloches de ce troupeau.

Moi qui lui avais donné un rendez-vous de sensualité. Je ramasse ma chemise. Je couvre une peau dont j'ai honte, dont j'ai raison d'avoir honte car la sensualité, la vraie sensualité ne ferait pas tant de façons.

Je ne suis pas un sensuel.

Un sentimental ? Pourquoi pas ?

Mais si j'étais un sentimental, je ne me poserais point toutes ces questions, et n'aurais point à me mettre en quête de quelque objet d'amour.

Je ne suis donc ni un sensuel ni un sentimental et pourtant je me sais à la fois sensuel et sentimental. Quelle accumulation d'ailleurs ne serais-je à même de supporter. Il faut tant d'adjectifs pour me qualifier que je puis me vanter – ou m'accuser – de n'appartenir à aucune catégorie mais à toutes.

D'une minute à l'autre je ne me reconnais plus.

Je ne me reconnais plus dans mon corps.

Ainsi, lorsque, pour le plus précis des gestes, s'est exalté ce qui de ma chair ne demande qu'à s'exalter, au moment de l'échéance voluptueuse, ces quelques centimètres cubes, où se sont multipliées mes faims éparses, parfois semblent ne même point être de ce corps auquel pourtant ils servent de truchement.

Était-ce que le désir se trouvait par trop localisé pour ne contraster point avec certaine indifférence au fond ?

Dès que j'avais choisi une créature, elle me semblait anonyme. Pour la retrouver j'étais exigeant jusqu'à la rage. Alors je me perdais en elle, ne la retrouvais pas en moi. Je ne l'aimais pas, elle m'empêchait de m'aimer encore. Je n'avais même pas envie de la tuer. Elle existait si peu dès que mon désir s'était contre elle non satisfait mais évaporé.

Je pensais que des curiosités extérieures peut-être pourraient tenir mon attention en éveil. J'étais soldat, ce qui me permit de séduire assez facilement une fille qui pesait cent kilos. Ni plus ni moins. Je l'avais rencontrée dans un café. Elle m'avait invité à boire un anis del Oso. Elle expliquait : « Tu sais, petit, j'étais déjà belle fille, et puis j'ai eu la chance d'attraper l'albumine. Ça m'a permis de prendre encore du poids. Veux-tu danser ? »

J'accepte.

Grâce à Dieu elle a gardé ses gants, et ma main échappe à l'écœurante fraternité. Je regarde notre couple. Si j'étais un esthète je serais heureux. Mes bras sont mêlés à ceux d'un monstre. Hélas ! je n'ai point le goût du pittoresque. Je préfère mon corps de pioupiou aux kilos de la pouffiasse. Et cependant pour toucher ma curiosité, pour l'attiser, elle me fait des confidences. Je rougis. J'ai chaud. Elle essaie d'autres séductions. « Et puis tu sais, moi aussi je suis une raffinée, une artiste. Je comprends tout. Je fais des poses plastiques à l'Olympia, oui, mon petit homme. Mon homme. » Et voilà qu'elle s'autorise du refrain à la mode pour me déclarer sien. Elle me serre, j'entends mon squelette qui craque. Cette femme devrait m'amuser, elle me dégoûte. Si je couche avec elle cette nuit, elle me dira : « Tu ne m'embrasses pas aussi bien après qu'avant. » Et comme toujours durant les essais d'amour contre une chair anonyme, il faudra le secours de la parole. Et je me rappellerai pour les regretter certaines nuits où le geste suffisait. Pourtant je n'ai pas eu le courage de la solitude. Je me suis mis dans un lit avec la grosse femme. Bien entendu elle m'accusa de n'être pas dévoué au bonheur de son corps. Je me trouvais stupide à vouloir être méchant et lui dis que, si je n'entreprenais rien pour la joie de sa chair, c'est qu'intimidé par toute la masse qu'elle m'offrait, je ne savais à la vérité par quel bout commencer. Elle était encore assez soûle pour devenir sentimentale après une telle réponse. Elle essaya de philosopher. L'amour, l'amour...

J'appuyai sur le bouton d'une poire électrique. La lumière se fit. Un avant-bras sur les yeux pour n'être point éblouie, ma conquête discourait.

La glace d'une méchante armoire m'envoyait l'image d'un jeune garçon tout nu, accroupi auprès d'une maritorne dont la chemise de tulle rose, remontée en tapon jusqu'au nombril, semblait salie de toute cette graisse qui ne s'était pas décidée à fondre une fois pour toutes.

Grâce à l'indulgence de cette glace, je m'aimais comme à douze ans, lorsque, ma famille couchée, j'allais dans la galerie, allumais les lustres et, par la complaisance des miroirs qui me multipliaient, jouissais d'un corps que mes mains aimaient à caresser sans d'ailleurs savoir de quelle façon l'utiliser pour un plaisir précis.

La maritorne continuait à parler d'amour.

Je m'écartai d'elle, mordis à même mon épaule et, comme je n'avais plus douze ans, sur le conseil de la glace pris un plaisir que mon orgueil se louait de ne partager point avec un corps plus méprisable que le mien. À la minute où le bonheur m'arrachait un soupir, la maritorne, qui ne pouvait plus ne pas se douter de quelque chose, souleva le bras qui cachait son visage. Elle vit. Et moi joyeux qu'elle vît et ne profitât point, je connus une exaltation telle que je me laissai tomber comme si la vie m'avait été ravie. Et la grosse bête de vouloir goûter ce dont elle avait été privée. Je me mis en boule pour échapper aux exigences de son appétit car je savais que si elle feignait d'être quémandeuse c'était pour, soumise, tirer quelque vengeance. Et moi, j'avais pitié d'un corps que le plaisir faisait d'autant plus vulnérable.

J'écartai les cent kilos, arrangeai le drap entre eux et moi, éteignis la lumière et, imitant le sommeil, me pris à réfléchir. D'abord je m'en voulus de n'avoir point trouvé ce bel oubli de l'âme assez rare pour que je le veuille appeler bonheur.

Mais de cet oubli, de ce bonheur, étais-je digne, moi qui avais commencé par chercher des mots, en réponse aux avances de cette lourde fille, à seule fin d'oublier la tristesse d'un endroit que je n'avais pas eu le courage de quitter, et où rien ne s'était offert de curieux hormis la monstresse, par qui – péché d'orgueil – je m'étais amusé à me faire enlever ?

Et au lit, si j'avais essayé de la bonté, ce qui, de ma chair, s'était dévoué, n'avait, à dire le vrai, point songé à son propre plaisir, mais au moyen d'imposer silence à cent kilos bavards, et finalement n'avait réussi qu'à parfaire un dégoût initial.

Or, maintes fois, parallèlement et lorsqu'il ne s'agissait plus, hélas ! de quelque phénomène de graisse et d'ennui, le geste d'amour, non seulement ne m'a point rapproché de la créature, son prétexte, mais m'en a éloigné, libéré.

Ne dit-on pas de Psyché qu'elle perdit l'amour pour l'avoir voulu connaître ? Si le verbe faire remplace le verbe connaître, nous avons l'histoire de tous les couples.

Ainsi mes doigts ont perdu certain bégaiement passionné pour apprendre à flatter des peaux inconnues au gré de leurs cocasseries.

Je m'amuse.

Je bibelote.

J'éprouve la même sorte de plaisir à ranger ma bibliothèque une fois par an.

Entre des draps, deux corps débarrassés de tout linge, et la curiosité des doigts déjà se nomme zèle amoureux. On se décide à me rendre le bien pour le bien. Alors je me laisse manœuvrer. J'attends que le vide en moi se fasse et auparavant ne veux plus voir que ce poignet monté sur quelque imperceptible roulement à billes et qui, pour la joie de mon épithélium, cherche des inflexions plus douces que celles mêmes des violonistes. Je ne veux plus voir que cette bouche, lichen humide, et qui doucement se serre, anneau docile, à l'arbre charnel.

Hélas !

Incapable de m'absorber dans un plaisir dont quelques morceaux de peau sont le champ de départ, l'intelligence trop lourde pour voler jusqu'en un ciel de précises transparences, l'esprit attentif mais non ailé, la chair sceptique, en dépit de certaines victoires, malgré la conscience des muscles, très vite, je laisse mon regard se prendre à quelque bizarrerie dont le spectacle d'ailleurs ne saurait en rien me suffire.

Nu et me rendant compte qu'il faut encourager le dévouement des doigts ou de la bouche, tout à coup, je veux me rappeler quelques leçons de civilité puérile et honnête. Ainsi ai-je appris à connaître l'art des saccades. Je choisis quelques mots dont je sais changer les proportions. Alors la volupté s'exprime à merveille. L'autre, bien à son travail, grogne d'aise. Je glousse en réponse et c'est à croire qu'au plus profond déferlent, écume en tête, les vagues de quelque grondant et souterrain mystère.

Les coquillages imitent bien le bruit de la mer.

Plages de peau, douces aux pieds, douces aux paumes, plages de peau que je ne me résigne point à quitter pour cette tempête dont les secrets ressorts me déchiquetteraient, m'ensanglanteraient et finalement me rejetteraient jouissant et moribond au rivage ; mais aurais-je jamais l'audace de me précipiter tête-bêche au sein de l'immense désordre ? J'ai attendu longtemps les yeux clos, docile à votre caresse plus douce d'être imprécise, plages de peau. Des coquillages, frères des oreilles, imitaient si bien, trop bien, le bruit de la mer. Je n'avais point cette sotte et triomphante brutalité du continental, brisant les conques marines pour spécifier qu'il ne se laissera plus prendre à aucun mensonge, fût-ce au mensonge des vagues.

Plages de peau les mieux aimées, si la tête qui vous

terminait n'offrait point quelque mystère à mes regards, je concluais qu'une langue de chien, aussi habilement qu'une langue humaine, saurait lécher ce qui de moi aime à être léché. Je haussais les épaules et reprenais mes pensées. Les projets que je faisais pour l'économie des nuits futures ne variaient guère. J'hésitais à me donner rendez-vous avec moi-même, car si je me condamnais à une soirée de solitude, je savais qu'après certaine lecture, quand viendrait l'heure du lit, ce serait devant la glace, quinze ou vingt bonnes minutes de cabotinage, à seule fin d'imaginer quelque autre présence. Écœuré de ce que le dictionnaire Larousse dans sa sévérité de certificat d'étude baptise *vice solitaire*, je me répéterais que mes dents à heurter les autres dents, les dents étrangères, finissent par croire, au moins quelques instants, à l'intimité réciproque des squelettes.

Et puis, devant un miroir, mes yeux ne sauraient apprendre à connaître ce corps auquel ils appartiennent, cette âme dont ils sont les hublots.

Car seul, même au cas où ma propre image suffirait à me donner quelqu'un de ces désirs en quoi il faut chercher les plus probables révélations, des gestes identiques se faisant réponse, aucune surprise ne serait possible.

Au contraire, si mon attention se voue à quelque autre, à force d'oubli je me retrouve soudain plus riche. Spontanément fusent des brutalités, des précisions. Alors, comme si les yeux projetaient au travers de mon être des rayons X, j'ai l'impression de voir toute mon âme, et sans mensonge enfin, sans le mensonge du muscle que le fort subit seul à seul, sans le mensonge du fard que le faible épaissit dès qu'une vitre lui envoie son reflet.

Mais il ne faut pas exagérer les bienfaits d'autrui. Rares demeurent ceux qui m'aidèrent à découvrir un peu de moi-même.

Certains passants. Et surtout cette femme aux cheveux collés, tout pailletés d'épingles de strass, caraco rouge tendu sur sa poitrine, robe courte, socques qui battaient le pavé d'une rue chaude. Elle me valut la surprise d'un contact. Un peu de ma chair métamorphosée battait contre un coin de ma peau, qui, lui, avait conservé sa substance, sa température. J'avais treize ans, n'étais pas en avance pour mon âge et ignorais dans toutes leurs précisions les jeux des sexes.

Oui, c'était à Toulon. Je marchais entre mon père et ma mère. On m'avait montré les fameuses cariatides du quai Cronstadt. J'étais trop absorbé par toute l'odeur. Passe la fille que j'ai dite. Et c'est, pour la première fois, certaine suffocation. Je suis heureux, sur ma cuisse restée froide, comprimée par le caleçon, ce petit bloc tiède, dont une autre peau, ma peau quotidienne d'enfant triste, veut croire qu'il est un morceau ferme du sein de cette fille qui m'a souri. Je m'arrête. Mes parents me dépassent. Je n'ose plus avancer. Sont-ce des secondes, des heures ? À mon corps le linge est doux. Pourtant c'est la même chemise, le même caleçon qu'hier. La fille chante :

Tu voudrais me voir pleurer
Tu cherches à me faire de la peine.

Des larmes montent. Je ne comprends plus rien à la rue, à mon corps. Je n'ai connu pareil trouble qu'il y a trois années. J'avais dix ans. J'étais au cirque. Je suivais les dangereuses coquetteries des trapézistes, et soudain je rêvais que rien ne me ferait un plus vif plaisir qu'une déchirure inopinée au plus intime endroit de leur maillot. Beaux acrobates qui manquiez mourir à chaque mouvement et ne daigniez point me montrer votre peau affamante sous ce jersey léger, léger. J'ai eu bien chaud ce jour-là au cirque.

J'ai chaud dans la rue de Toulon. Mais je suis

joyeux. Est-ce le soleil ? Le regard de cette fille qui me bouscule ? Il me faut m'arrêter. Mon oreille entend un gémissement triste. Je me rends compte enfin que tout ce trouble est né de cette partie de moi-même dont on m'avait enseigné à avoir un peu honte.

Je suis un homme.

Dès que mes yeux peuvent à nouveau comprendre les maisons, la vieille église, le marché au poisson, un coin de rade là-bas, je pense qu'une paix nouvelle en moi ne va point tarder à descendre.

Mon père et ma mère sont loin.

Je les retrouverai tout à l'heure à l'hôtel.

Je suis la fille au caraco rouge.

De grands marins sont joyeux sur le quai.

Leurs cous ont troué leurs vestes et par l'échancrure c'est la victoire d'une chair puissante. Maillots bleus, peaux brunes comme des cheveux, et leurs yeux trop clairs.

L'un d'eux parle à la fille. La main de cet homme, elle doit avoir l'habitude des cordages jusqu'à leur ressembler. Je sais que la femme est docile à cette peau rugueuse. Elle s'y adapte. Ils ont l'air heureux. Je ne suis pas jaloux. Mais voilà que recommence l'histoire de tout à l'heure. Au même endroit, la même chaleur. L'homme et la fille s'embrassent. Les lèvres du marin doivent être si douces dans ce morceau carré de hâle.

Ma langue passe et repasse sur mes lèvres pour mieux imaginer ce que peuvent être des lèvres à des lèvres.

Pour la seconde fois, je m'arrête, ferme les yeux.

Mes mains de garçon qui n'est pas en avance pour son âge comprennent enfin. Une toile rude encourageait leurs maladresses et, malgré mes yeux fermés, je saurais bien de telle chemise si elle est bise ou blanche. Mais les larmes qui étaient tout à l'heure déjà montées jusqu'à mes yeux, maintenant coulent. Aucun corps ne se tend. Deux fois cinq petits doigts avaient espéré percevoir enfin par leurs sommets sensibles une réalité humaine, une réalité apte à secourir une tristesse qui ne savait pas encore très bien, une tristesse qui avait peur.

Depuis...

Mais n'est-ce point le mépris de la chair que j'ai rencontré chez tous ceux qui vécurent par elle, pour elle, et en furent les victimes ?

Petit voyou à la nuque rasée, au cou si blanc à l'ombre rouge d'un beau foulard, qui attendiez derrière un verre de fine l'ami qui vous aidât à oublier la pluie et la solitude d'une nuit, l'ami dont vous ne vouliez pas qu'il vous payât. « *Sweet pimp* », disait-il, ce client d'un soir. Des soldats américains vous avaient appris un peu d'anglais pendant la guerre, et vous traduisiez « gentil maquereau » et vous fâchiez : « Non, je ne suis pas un maquereau. Je fais de la boxe pour gagner ma vie. Il faut être gentil avec moi. »

L'étranger venu à Paris pour ses jeunes apaches tâtait vos biceps. Il était ravi : « Charmant petit poisse », s'extasiait-il, et vous, triste qu'on vous aimât pour votre corps et surtout ce coin précis qu'une main d'homme soi-disant bien élevé n'avait pas honte d'explorer, vous ragiez : « Pas touche. »

L'étranger ricanait. Il vous invitait à danser. Une fille, qui vous aimait sans doute, vous injuriait lorsque vous partiez avec l'étranger. Vous caressiez les cheveux de la fille et ne répondiez point à ses ordures.

L'étranger vous déshabillait.

Fier de votre corps aussi proprement que vous l'eussiez été de votre intelligence, vous faisiez des exercices de souplesse, de force, d'acrobatie, puis vous chantiez une chanson tendre. L'étranger qui vous avait cru comestible, qui avait voulu vous acheter comme une boîte de cigarettes, un fruit pour jouir de vous, était touché, réfléchissait, comprenait. Et entre l'Anglo-Saxon ivre et le maquereau triste, c'était un dialogue où triomphait le mépris de la chair par quoi les plus sages voulurent mettre en garde les plus ardents et leur faire savoir que l'illusion de posséder en fait ne permet jamais d'atteindre à cette joie, carrefour où des esprits tangents s'épanouissent et se mêlent enfin par les antennes communes.

Et certes, ce désir obstiné qui cherche l'amour, fait s'échapper l'amour dans le sursaut même, à la fin d'un acte qui ne laisse, entre deux chairs sottes et partiellement fripées, qu'une honte de peau et d'esprit.

Ainsi l'amitié, dont on a fait si longtemps profession de croire qu'elle n'était possible qu'entre des êtres d'un même sexe, à la vérité me semble exprimer non quelque sentiment d'une autre nature que l'amour mais le plus haut point de l'amour même.

Vouloir qu'à la femme soit réservée toute et rien que l'activité sexuelle de l'homme sous-entend le mépris même de l'homme pour la femme.

À qui dédier alors le plus profond, le plus riche, le plus trouble de soi ?

Si toutes les filles de bordel sont lesbiennes ce n'est point qu'elles soient, comme on serait tenté de dire, vicieuses. Mais, instruments entre les jambes de l'homme, elles ne croient point à la possibilité de devenir plus ou mieux pour lui. Dès lors c'est à leurs compagnes qu'elles demandent secours affectueux. Le geste d'amour qu'elles accomplissent si tristement avec des clients scellera le pacte sentimental qu'elles ont fait entre elles.

C'est que la clef grossière des sens ne force aucun mystère. Un sexe n'est pas un passe-partout.

Il y a vingt ans, d'après ce qu'on m'en dit, l'amour était un sport. Pour remplacer le *pushingball*, un petit sac de peau humaine avec divers accessoires secondaires, seins, cheveux, oreille, plante des pieds, mains, fesses, bouche, etc.

Tout était très simple.

Une sorte d'onanisme impérieux et dont le besoin,

à de certaines heures, pouvait contraindre aux plus grandes folies devait donner l'illusion d'une volonté supraterrestre. La force en était supérieure à toutes les autres, à celles qu'on dit simplement humaines. Mon désarroi est tel que j'ai toujours demandé aux plus beaux yeux d'être intelligents, et les êtres qui m'ont hanté m'ont hanté comme des pensées...

X
Solitude, mal dont nul ne saurait guérir

Sans doute le malheur vint-il de ce que j'acceptai de croire que tout se trouverait simplifié si, de ceux qui m'attiraient, je parvenais à faire des objets. Ainsi fut obstinément, et en vain d'ailleurs, tentée une transsubstantiation, dont au reste, si elle avait été parfaite, je n'eusse été capable de me contenter.

À la vérité, le mystère demeure. La peau ne m'a rien révélé. J'ai enfin appris que les contours charnels ne marquent point de frontières, et que les corps auront beau se prêter, l'apaisement ne sera point chose de l'esprit.

La lumière demeure froide qui accuse des systèmes voluptueux ou cruels.

Comment ne point s'exaspérer ?

À force de me sentir seul, je me découvre méchant.

S'il m'arrive de le nier, le lendemain, je suis bien forcé d'en convenir. Mais parfois, au milieu de tous les minutieux instruments d'analyse qui les ont si bien combinés, les plaies des âmes, les malheurs de chairs n'exhalent même plus cette odeur chaude et qui, fétide, encore enivre.

Alors tout se fait algèbre, même pour mes sens.

Équation de peau sur les divans, lettres et chiffres humains se joignent, changent de place, cherchent des notions d'égalité, sans d'ailleurs paraître beaucoup s'amuser.

Je puis m'accuser d'avoir trop souvent et trop volontiers parlé d'amour. J'ai tout de même le droit de dire qu'il m'arriva de le faire. Hélas ! au sein de mes sauvageries, demeure une politesse – forme de l'ennui, n'est-ce pas, La Bruyère ? – qui me défend contre certaines grandes joies et douleurs. Nonobstant, je vais écrire, pour la tentation des innocents :

$$\frac{JE + X}{Y} = \text{jolie partouse.}$$

Mais que cette partouse ait au moins le mérite de nous fixer un peu sur les besoins et les possibilités de la matière humaine.

Pour moi je ne trouve pas que la division en races blanche, noire, jaune soit, à dire le vrai, bien satisfaisante.

Je vois deux classes :

LES JOUISSEURS ET LES VOYEURS

Jouisseurs ou voyeurs, sensibles ou intelligents, spontanés ou artificiels.

Dans ce que j'appelle jolie partouse et dont je fais une peinture exacte et réaliste, rien que par l'assemblage des lettres $\frac{JE + X}{Y}$ si tout le monde a vu, personne n'a joui.

Tout le monde a honte. Personne n'a envie de recommencer. Et pourtant on se remet à l'œuvre. À nouveau chaque regard se sent d'une impitoyable acuité. Mais les chiens qui se fixent trop longtemps deviennent de faïence. Alors comment espérer que la soumission aux choses ou aux êtres qui se trouvent dans le rayon visuel puisse valoir cette sensation d'âme, qui est celle de la vérité.

Je n'ai point encore renoncé à la vie extérieure et je sais pourtant que de ma seule vie intérieure peut venir le salut et naître cette notion de dignité dont les simulacres humaines ont fait un mot dérisoire.

Alors ?

La somme des complications ne constitue pas un joli total.

Aller et retour ; et chemin faisant, découverte de tout ce qu'il y a de faux dans les combinaisons humaines.

JE voudrait être seul.

X voudrait être seul.

Y voudrait être seul.

C'est le moment, c'est l'instant de chanter sur un air bien connu des paroles qui ne le sont pas moins :

Et l'on revient toujours
À ses premières amours.

Premières amours. Les seules. Découverte amoureuse que l'homme, en récompense de maints sacrifices, fait de son propre esprit, de son propre corps, un esprit, un corps qui semblent se former à la caresse du silence et de la solitude.

Réunis $\frac{JE + X}{Y}$ ne sont pas à leur aise.

Au revoir, *JE*.

Au revoir, *X*.

Au revoir, *Y*.

Seul chacun des trois se retrouve soi-même. Une rue. Elle est droite ou du moins c'est comme si elle était droite. Il s'agit de marcher sans se soucier de savoir où elle peut bien mener.

JE est seul.

X est seul.

Y est seul.

Et voici que de leur solitude ils gagnent le sentiment de dignité, d'autant plus incroyable que prévu, et du sentiment de dignité une joie intérieure qui les incite à chantonner. Lyrique, devant un étalage de verroteries, de colliers en galalithe, de perles de Venise, *JE* s'arrête cinq minutes. *X* a choisi tout un bazar. *Y* se contente d'une affiche de cinéma. Ni *JE* ne voit la boutique de pacotilles, ni *X* le bazar, ni *Y* l'affiche. Au même instant sans se concerter ils ont découvert un même bonheur. Ils ne voient plus, ils n'ont plus besoin de voir. Ils jouissent. Ils jouissent. Confusément et ce peut-être du plus abstrait ou de la plus claire idée. Ils jouissent égaux de Dieu car ils ne renoncent à aucune possibilité pour quelque objet précis ou constaté.

Or voici qu'une vendeuse bouscule *JE*, on prend *X* pour un voleur à la tire, *Y* est dérangé. Donc *JE*, *X*, *Y* recommencent à vivre, ou du moins à faire les simulacres dont il a été admis, une fois pour toutes – est-ce si sûr ? – que l'ensemble constituait le *vivre*.

JE, *X*, *Y* voient, ils ne jouissent plus. Ils regardent les passants. Tous les passants, comme l'on pense, sont odieux. Alors ils leur souhaitent du mal, essaient des crocs-en-jambe, combinent des faillites, des meurtres. Ce n'est point à eux qu'il faut donner tort mais aux passants, à tous les passants organisés, policés. N'avais-je point raison de parler de notre méchanceté. Il est vrai qu'elle est la plus digne réaction. Je ne conçois pas d'homme honnête qui puisse ne ressentir aucune irritation des lois humaines passées, présentes, futures. Et tout le monde n'est pas Antigone.

Antigone et Créon : l'anarchie, l'apparence d'ordre. Mais Antigone si facilement devient Créon, c'est-à-dire qu'ayant invoqué les lois senties au plus secret qui ne peuvent manquer de s'opposer aux autres, celles des cités, l'homme, renonçant à son ordre vrai, se contente de l'arbitraire, qui facilite les transactions quotidiennes mais ne peut rien contre l'angoisse.

Or le propre de tout choc sensuel est de révéler la vanité des transactions quotidiennes. Après le geste d'amour, la joie qui en résulte, quels qu'en aient été le ton ou le degré, contraint, qui en a fait l'épreuve, à ne point se contenter de si peu. Ainsi les spécialistes ont dû noter les rapports de l'ardeur amoureuse et du mysticisme. Celui qui bégaie de volupté ne saurait tarder à se mettre en quête des lois divines, des lois supérieures à celles essayées pour l'économie mesquine de ce globe d'attente.

C'est que les gestes, mouvements de reins, et contacts divers, bien qu'il soit aisé de les prétendre sans importance, me forcent, il faut l'avouer, à des questions qui ne sont point seulement du bonheur épidermique.

Que tel chrétien du XVIIe siècle par exemple, ou quelque homme d'un temps d'ordre et de certitude ait fait l'amour, sans jamais éprouver la moindre angoisse, voilà qui est tout naturel. Mais pour moi, après le halètement voluptueux, à la minute où il s'agit de retomber sur terre, et d'y retomber sans cuirasse de cynisme ou bouclier de frivolité, trop de problèmes m'assaillent pour que je ne sois tenté de chercher une solution qui me justifierait.

Or si éclatant ait été l'incendie allumé dans mes membres, ma poitrine, mes yeux, il me faut bien avouer que l'acte, son principe, ne m'a rien révélé d'essentiel.

Et cependant, ce n'était pas mon corps mais mon esprit qui demandait un miroir.

D'une fusion dont il me semblait qu'elle me permettrait d'échapper au mal de solitude, et de croire enfin au miracle d'une présence, je m'aperçois qu'elle ne m'a pas guéri, qu'elle ne pouvait pas me guérir.

J'ai voulu posséder, alors que la sagesse eût été non de prendre mais de comprendre.

Il importait de sentir ensemble.

Peut-être, le fait de se trouver deux entre des draps, de mettre son ventre sur un autre ventre, de mêler pieds, mains, bouches et tout ce qui aime à être mêlé, facilite-t-il l'échange impondérable.

Mais d'autres chocs aident à la fusion, d'où naît l'égalité constante et intime (qui n'a rien à voir avec l'égalité conventionnelle).

Une foi commune, par exemple, bien plus et bien mieux qu'un besoin partagé de jouissance physique, dont la possibilité joyeuse de chérir autrui comme soi-même. Foi commune, communion, communisme des âmes, le rêve d'un petit Juif a été plus fort que la prétendue sagesse antique, un vagabond crucifié a fini par vaincre des lois qui avaient eu raison de sa créature humaine, l'antisocial a permis au monde de ne pas crever sur son fumier raisonnable, la révolution sincère a triomphé de la pourriture conventionnelle, et bientôt, les individus trop particuliers pour ne point devenir ennemis les uns aux autres (*homo, homini lupus*), du haut de leurs tours d'égoïsme logique, leurs dernières forces affaissées sous ce dont ils ont voulu faire des cuirasses d'esprit, de cœur, ne pourront plus ne pas sentir – illusion ou vérité, mais secours sublime, en tout cas, et dont il nous est humainement fort difficile d'avoir le courage d'être dignes – que le salut n'est pas dans quelque créature choisie ou l'effort terrestre, mais une fusion totale, absolue.

Et ne sais-je point déjà que mon plus haut, mon vrai, mon seul orgueil fut celui des jours où, parcelle anonyme d'un continent universel, d'un continent dont les frontières étaient les yeux, les oreilles, les papilles à jouir, les peurs, les volontés, les soifs, les désirs, les rages, les espoirs et désespoirs de tous les êtres, enfin, je n'essayais plus de me rattraper à quelque essai de bonheur individuel.

Élément indivis, mais tout de même un peu responsable, puisque les yeux, les oreilles, les papilles à jouir, les peurs, les volontés, les soifs, les désirs, les rages, les espoirs et désespoirs d'un René Crevel qui s'était promené sous la pluie, s'était troublé de certaines rencontres au coin des rues, avait aimé ou haï sans mettre jamais sa pensée d'accord avec elle-même, si grande en fut la misère, étaient les hublots dont s'éclairait la coque d'un navire maître du temps et de l'espace, étaient les antennes d'un lieu idéal et qu'on ne pouvait nommer que Paradis.

Le Paradis, le Paradis retrouvé.

Esprit, mon beau mystère, pourquoi mon corps, ce poids de chair, me force-t-il à retomber au fond de l'abîme, comme les semelles de plomb, le scaphandrier ?

Mon corps et moi ? Les corps et les autres ?

Mon corps, les corps ? Que puis-je en essayer qui ne me semble indigne de moi, des autres ?

Un corps qu'on me prête, j'en fais une machine.

Égoïsme, dira-t-on.

Mais si j'accepte d'être altruiste, c'est moi qui deviendrai machine. Les rôles seront intervertis, l'économie du couple n'aura pas changé. Sur deux unités, il y aura une chose et une créature. Donc deux solitudes.

Or si nous sommes deux à subir la même impression aucun n'est plus seul.

Ce n'est pas encore la guérison, mais déjà un soulagement.

Soulagement fort rare d'ailleurs, car un remède qu'on prétend bon pour tous en fait ne saurait convenir à personne.

C'est que la morale avec ses moyens sociaux, plus soucieuse de la lettre que de l'esprit, ne saurait trouver de solutions particulières, non plus qu'universelles.

Mon équilibre ne s'établit pas comme celui du voisin. Et pour avoir raison de la commune peur de la nuit (le même symptôme d'ailleurs ne révèle pas un même mal chez tous) il ne s'agit point d'aller quérir l'une de ces réponses toutes faites qui savent juste limiter ceux-là seuls qui n'ont pas d'élan. Au malade clairvoyant le spécialiste recommande d'être son propre médecin et de fixer les détails de son régime. Alors, pourquoi les ordonnances omnibus qui sacrifient l'individu au profit d'on ne sait qui, d'on ne sait quoi, puisque la foule des contraintes imposées à chacun de ceux qui la composent ne tire aucun profit et ne saurait connaître ni bonheur ni santé si sa majorité est de malsains.

Au reste il n'est pas moins fou d'imposer à tous les mêmes lois pour l'âme et le corps, qu'une même couleur de cheveux, un même tour de poitrine ou de taille. Hélas ! tel est le besoin d'uniformité (« Les hommes, disait Napoléon, chérissent l'égalité sociale mais ne sauraient que faire de la liberté ») qu'on veut croire à l'efficacité des préceptes aussi généraux que les disciplines des monastères et des casernes.

Il faudrait d'abord prouver l'utilité – en soi – des monastères et des casernes sans foi et aussi que leurs disciplines valent mieux pour le progrès et la santé intime que l'hygiène individuelle dont toute la règle sociale interdit en fait le libre exercice. Parler d'hygiène individuelle, à défaut de l'idéale communion, communisme des cœurs, ce n'est d'ailleurs pas, comme feignent de le croire les partisans de la dictature à tout prix, prétendre que la normale de chacun doive se trouver en opposition systématique avec cet ensemble de préceptes que les officiels estiment à jamais fixés.

S'il en était ainsi, il n'y aurait qu'à faire volte-face et ce serait le même désordre, je veux dire le faux ordre d'aujourd'hui, goût de l'inversion par exemple poussant les homosexuels à se faire hétérosexuels, car si, en des temps d'apparente uniformité, tous font mine d'accepter une même règle, chacun n'a d'autre désir que s'en libérer. C'est que la paresse individuelle espère mieux d'une masse monochrome où ressort la moindre couleur.

De là ce jeu double, l'arsenal des faux prétextes, et un mal d'orgueil.

La morale conventionnelle comme la douane fait du plus honnête homme un tricheur.

S'il y avait libre-échange, peut-être les valeurs enfin s'établiraient-elles justement. Pour l'heure, il faut accuser la quasi universelle hypocrisie et noter que le triomphe de certain cabotinage condamne les plus scrupuleux à la fuite. Ils commencent par renoncer aux divertissements dont leur angoisse ne peut se leurrer. Mais quelle sécurité calmera leur silence inquiet et dans la solitude viendra leur prouver qu'ils firent bien de renoncer aux à-peu-près ?

Je me rappelle une phrase où, avec la naïveté de ceux qui, ne les ayant pas éprouvés, veulent expliquer certains tourments, le biographe de Stendhal affirme que le don Juan milanais « pensait avec raison qu'en mathématiques l'hypocrisie était impossible ».

Malheureusement pour Stendhal, les mathématiques ne l'empêchèrent point d'aimer les jeux subtils où seule triomphe l'hypocrisie.

Il comprenait trop bien d'ailleurs les raisons des autres pour accepter de paraître misanthrope. Aussi ne borna-t-il pas son ennui et, toujours curieux des femmes, de l'amour, des salons, jamais n'eut idée de fuir les êtres ou les lieux vers quoi l'entraînait chaque jour un nouvel et impérieux besoin.

Au reste, qui porte en soi l'universel désir, indifférent aux détails et aux petits profits, songe moins à satisfaire ce désir qu'à vouloir se persuader que rien ne triomphera de la soif qu'il a de tout.

Chaque essai, dès lors, sera marqué par une déception, mais la soif de tout en deviendra plus intense. Et déjà nous sommes loin de la salle où des lignes droites et blanches, sur un plan uniformément noir, marquaient une vérité. La vérité, sans concession de couleur.

Fenêtre ouverte à l'espoir d'impossibles conquêtes, dehors c'était le jardin limité par un mensonge d'horizon. Un rayon entre. Des poussières y dansent.

Premier rêve d'arc-en-ciel.

Des mains sèches de craie et de rigueur logique se tendent vers le frais, vers l'incertain. Un frisson dans le dos. Frisson de croissance. Des ailes poussent. Et voilà que recommence une fois encore l'histoire de l'enfant prodigue.

Mais d'un enfant prodigue qui ne reviendra jamais, condamné à partir sans arriver nulle part, à vieillir dans une misère de Juif errant, et las de ne pouvoir atteindre ce fil de soleil qui jadis, entre ciel et terre, semblait au premier matin le but d'une marche facile. Et pour accompagner ses pas, les mêmes pensées répétées jusqu'au dégoût. À chaque ruisseau l'eau claire tente le vagabond, mais cette eau, elle a toujours le même goût. Celui de sa bouche, de ses déceptions. S'il marche vite c'est pour mieux perdre son âme. Mais les buissons auxquels il tente de l'accrocher ne veulent pas de la loque. Dans les villes, enfant, je l'ai vu qui se détournait des glaces dont s'ornaient mes plus chères boulangeries. Et il ne s'arrêtait jamais. Sans doute lui semblait-il que s'il restait en place l'effroi originel fondrait sur lui pour dépecer l'oiseau précaire et tendre dont, semblable à tout homme, il espérait qu'un jour il chanterait dans sa poitrine.

Quelles spirales de feutre menacent son silence, son immobilité !

Toujours il va.

Par orgueil, il a renoncé aux objets.

N'a-t-il pas quitté ses biens parce qu'il ne s'en pouvait satisfaire ?

Il marche donc sans se souvenir des choses, des arbres, des maisons. Il ne pourrait les aimer que s'il y découvrait quelque symbole humain. Comme la douleur est la seule sensation d'âme qui lui révèle son existence, il demande aux rêves de métamorphoser tout au gré de l'inquiétude en quoi il reconnaît son propre et cherche sa grandeur.

Il fait comme s'il croyait à certaine hiérarchie dont lui-même occuperait la première place. D'où le respect voué à l'uniforme de chair.

Ainsi, le plus humble saint complaisant au chant de son âme dira « mes frères » aux oiseaux et non aux cailloux.

Pour notre vagabond, devant ceux qu'il croit ses semblables il s'arrête satisfait. Alors, il se juge capable d'amour, mais, après une minute attentive, s'il continue à se reconnaître en qui l'entoure, son imperfection, soudain accusée par quelque geste, s'irrite du miroir.

D'autre part, qui n'a pas ses goûts lui apparaît digne de mépris. Les voix étrangères, pour ses oreilles, ne roulent que des syllabes sauvages, et il comprend que, dans la babel des cœurs, jamais n'auront un sens indéniable les maux ou les joies des autres.

S'il continue sa marche, ce n'est point qu'il espère de la prochaine étape. Il ne veut que l'oubli de la précédente. Mais ce perpétuel voyage est une fuite manquée, car l'esprit ne suit pas les accidents d'une terre qui porte le corps, son enveloppe.

Paysage, état d'âme ?

Dans des lieux nouveaux, notre enfant prodigue, devenu Juif errant, n'arrive point à se créer une âme nouvelle.

Ce qu'on appelle nature le laisse indifférent. Et certes, il faudrait qu'il fût masochiste pour l'aimer sans y voir un symbole de soi-même. Celui qui prête attention au monde extérieur et le croit étranger à lui-même ne manque jamais d'en faire un palais des supplices.

Or pour moi, s'il me plaît de souffrir, je n'ai besoin ni des choses ni même des autres hommes.

Je sais me torturer.

Je sais m'accuser. Et m'en réjouis parfois.

Ainsi je voudrais être calligraphe pour annoncer en manière d'avertissement, au sommet d'une feuille toute blanche :

PAMPHLET CONTRE MOI-MÊME

Il est vrai que, bien vite, il me faudrait reconnaître l'outrecuidance.

Pamphlet contre moi-même.

Si rien ne se fait que contre quelqu'un, quelque idée ou quelque chose, encore importe-t-il que la personne, l'idée, la chose aient, pour l'esprit ou le corps en mouvement, de la précision.

Mais ce serait un nuage et non un *pushingball* bien dur, bien net, bien exaltant que j'aurais désigné à mes propres coups de poing, de tête, de cœur.

Si je me déclarais à moi-même mon propre ennemi, j'espère que, devenu d'un coup champ de bataille et point de mire de toutes mes forces disponibles, j'aurais enfin sensation d'unité, quitte à la déclarer détestable, à la combattre et à en triompher peut-être, à la troquer sûrement contre quelque nouvelle.

Or j'ai peur qu'il s'agisse non de guerre mais de grandes manœuvres. Ubu, capitaine Bordure, je vous envie, qui aviez le bonheur de crier : « Vive la Pologne, car sans la Pologne il n'y aurait pas de Polonais. »

Après tant de méditations essayées il faut tout de même bien, si je ne puis me conclure, que je tente au moins de me résumer.

Moi-même ?

À la fois dompteur et fauve.

Dompteur, mais se réjouissant de son effroi, complaisant pour ses nerfs.

Alors, à quoi bon faire l'envieux et quelles excuses donner au désir de muscles dociles, de doigts précis, de cœur exact et bien rangé ?

Voilà pour le compteur ; quant au fauve, il n'est pas trop méchant, ni capable de le devenir. Si le dompteur aime les *drinks* et le poivre, le désespoir métaphysique et les caresses qui le retournent comme un gant, le fauve, lui, se nourrit de pervenches.

Moi-même ?

Un dompteur, un fauve ?
Un fauve dompté ?
Un dompteur fauve ?
Moi-même ?

Ou plutôt un petit tas d'os, de volontés inconciliables, de papilles à jouir, d'organes à percevoir.

Dans la journée, sous prétexte d'ordre, l'intelligence coupe les plus vigoureuses branches, les plus touffues, les plus salutaires. Critique et destruction. Elle fait une roue sans plumes et n'accepte de s'endormir qu'après avoir éparpillé toutes les petites chances de bonheur.

La nuit il y a le prolongement des rêves.

Ce prolongement est à la fois un secours et une raison de désespérer.

Secours, parce que l'esprit fait le seul voyage capable d'enrichir. J'entends que, grâce aux rêves, j'ai appris à douter de ce qui est facile à voir, à prendre, à sentir, à manger, à embrasser, et grâce aux rêves j'ai appris à chercher mon bonheur en d'impondérables sensations, bouquet dont je permets de rire.

Raison de désespérer, parce que le sommeil dont on a coutume de dire qu'il est l'image de la mort, réservant les surprises des rêves, après une nuit de cauchemars ou d'amours extra-terrestres, il ne m'est guère possible de croire que la mort puisse être une évaporation, une descente au néant. J'ajoute que d'ailleurs la notion du néant a pour moi toujours été inconcevable. Peut-être est-ce encore une lâcheté et que, n'ayant pas trouvé mon compte dans les aventures humaines qu'il me fut donné de parfaire, je m'obstine à penser que l'agrégat qui porte mon nom (petit tas d'os, volontés inconciliables, papilles à jouir, organes à percevoir, l'intelligence le jour, les rêves la nuit) ne peut se dissiper avant d'avoir brillé de quelque éclat.

J'avoue d'autre part que, si je tiens à la vie tant que je la juge précaire, je la trouve fort négligeable dès que je l'imagine projection terrestre d'une marche éternelle.

Pour mémoire je signalerai mon orgueil, l'orgueil qui me pousse à me croire digne de porter un jugement, de condamner, de me condamner moi-même.

Humilité, direz-vous, et non orgueil. Disons humilité, s'il vous plaît, mais l'orgueil peut devenir la pire forme d'humilité. N'est-ce pas M. de la Rochefoucauld, maintenant qu'il n'y a plus de sottes gens, mais rien que de sots métiers ?

Donc, certain orgueil persuadé de son pouvoir de décider, et me déclarant apte à tirer parti du bien et du mal, du beau et du laid, et me donnant aussi la méfiance de tous les systèmes – Tzara, vous aviez raison et l'absence de systèmes est encore un système – en un même instant et sans les concilier jamais, assemble scrupules et cynismes.

Scrupules et cynismes, oui, mes amis, nous ne nous y reconnaissons plus et pourtant nous avons un bel esprit critique, nous crevons d'esprit critique. Et c'est pourquoi nous tente toute chose qui porte en soi sa fin et ses raisons.

L'intelligence, dans la journée, les rêves, la nuit. Mon intelligence sait que la nuit vaut mieux que la journée, car la journée n'a fait que détruire et s'acharner contre ce que, sans se rendre compte, la nuit avait construit, pour la joie ou la tristesse.

Il fallait marcher longtemps avant de voir le mur qui fermait le cul-de-sac. Nous avons fait demi-tour. Mais retrouverons-nous cette naïveté, les surprises qu'elle nous réserve, dont chacune est poésie ?

Pour l'heure nous essayons encore des jeux. Jeux de sexe, jeux de main, jeux de vilain.

Mais n'a-t-il point tort celui qui, luttant et jouant contre soi-même, risque, après le combat, en vérité par trop singulier, de ne trouver plus que la place de soi-même et non soi-même.

« Je sens deux hommes en moi », écrivait Jean Racine à la fin de ses jours. Cette phrase est devenue le vers d'un cantique, et ce cantique le chantent les enfants des églises. Mais quelle multiplication depuis le catéchisme de mes dix ans ! Ce n'est pas deux ni trois, mais une multitude que je sens en moi. Duquel s'agit-il de triompher ? Il y a trop d'ennemis pour que je sois victorieux d'aucun.

À nouveau tout de même j'annonce : *Pamphlet contre moi-même*.

J'agite ce titre en panache, en drapeau. Suis-je suivi ?

J'ajoute... *et contre quelques autres*. Or n'est-ce point encore une lâcheté qui m'engage à parler de quelques autres. Ces quelques autres, les plus sympathiques de mes amis et de mes ennemis, si je leur prête attention c'est que je les fais symboles de ces diverses étincelles dont je souhaite qu'un jour l'éclat commun donne l'illusion d'une grande flamme.

J'espère une grande flamme ? Moi-même.

Le tout serait de savoir si l'on a raison de prétendre que le bruit de la mer est fait de celui de toutes les gouttes d'eau.

Pour l'heure il s'agirait de battre la mer, de battre moi-même et ceux qui me ressemblent. Et pourtant nous sommes des animaux dignes de pitié, encore que brillants, habiles aux coquetteries, grimaces, mauvais tours envers soi et les autres, jeux d'esprit et, comme j'ai déjà eu l'honneur de vous le dire, jeux de sexe et même jeux de cœur lorsque la saison s'y prête.

Animaux qui voudraient bien être sauvages, mais doivent se résigner aux consolations de quelques doubles somnambules et nocturnes puisque, le jour, dans leur état dit normal, ne les surprennent plus jamais la résurrection de quelque désir ou une peur assez profondément ressentie pour durer et ne sembler point, après quelques minutes, mosaïque de simulacres.

N'ont rien révélé ni le sang répandu, ni les matins froids, ni les après-midi au goût de cendre, ni les nuits sans sommeil, ni le désordre aujourd'hui roi par le monde.

Animal, je suis, hélas ! un animal raisonnable.

Mes congénères ont tout combiné pour mon agrément et ma commodité. Toutes les terres de ce globe ont été découvertes. Il m'est trop facile d'excuser mes volontés meilleures, jamais réalisées, en disant, par exemple, que telle est l'organisation du monde que j'aurais pu aller très loin sans partir jamais.

Heureux Anacharsis qui visita la Grèce.

Cette peur de gâcher tout, en réalisant quoi que ce soit, nous condamne à des attitudes. On m'accuse et je m'accuse d'attitude. Mais je vous le demande, ce que vous appelez attitude, cette manie de faire des gestes et des déclarations – gestes et déclarations dont tous ceux qui ne feraient pas les mêmes se soucient au reste, suivant la formule, autant qu'un poisson d'une pomme –, je vous le demande, ces attitudes par quoi nous essayons de nous laisser prendre à ce dont chacune d'elles est symbole, n'y ayant point été spontanément portés, ces attitudes, ne comprenez-vous pas qu'elles nous rendent dignes d'une pitié dont, au reste, nous ne voudrions pas un seul instant. Ce que le passant baptise *pose* est souvent, chez celui en qui le spectateur la constate, plus naturelle qu'une brutalité.

Certes la vie nous eût été plus douce si les questions du choix ne s'étaient posées. Mais ce choix n'ayant pas été initial, ni le sacrifice de certaine partie de nous-même à certaine autre résolu inconsciemment, comme il se doit faire pour que l'équilibre existe et continue au moins un temps d'exister, doués de trop de désirs pour accepter d'être sainement asservis à quelqu'un d'eux, nous connaissons mille regrets, avant d'avoir consenti pleinement à une seule possession. Et même, lorsque nous voulons nous distraire, nous savons trop le peu que valent nos essais. L'ennui dont longtemps fut rapetissé le sens a repris sa haute taille et, nous hantant, à nouveau il nous dépasse. Nul des divertissements qu'on nous propose ou que nous nous proposons ne saurait en avoir raison.

Alors quelle excuse inventer pour chaque virevolte ? Je me suis dit qu'il me fallait aller quérir aux sources mêmes les documents pour acquérir le droit de mépriser. Mais le mépris s'est-il jamais soucié des raisons bonnes ou mauvaises, et n'est-ce point hypocrisie que chercher quelque explication à ces sacrifices, sans doute inutiles, consentis à ce que nous méprisons le plus. Cependant, Pascal lui-même, s'il eût vécu en ce siècle, Pascal, au lieu de rouler en carrosse et de connaître le loisir, s'il eût à subir tant d'odieuses contraintes mécaniques, contempler les nouvelles combinaisons de corps, de produits chimiques et pharmaceutiques, de plantes, prétextes à ce qu'on nomme vices, et dont l'époque doit à son ennui d'essayer sans cesse quelque nouvel arrangement (les ressources de l'imagination, en cette matière, ne sont d'ailleurs pas, comme chacun sait, illimitées), Pascal lui-même – que je prends ici comme simple exemple de la plus parfaite intelligence et de son merveilleux complément, l'inquiétude –, Pascal lui-même contraint à de perpétuelles surenchères, n'eût-il point, avant la fameuse nuit (« Joie, pleurs de joie... », etc.), cherché tout comme les petits camarades quelque courant d'air humain, si rare par ces temps de calorifère, de maquillage, d'ersatz.

L'univers, ou ce qui nous est donné d'en voir, semble, à dire le vrai, promettre depuis quelques années un trop beau spectacle pour que nous ayons le courage de nous retirer. Cette curiosité donnée comme raison d'une perpétuelle attente ne fut-elle pas d'ailleurs de tout temps aussi plausible, et n'y a-t-il pas eu au long des siècles des hommes qui se disaient, comme moi aujourd'hui, que s'ils n'étaient pas résignés à de simples bonheurs et cependant acceptaient de continuer à vivre, c'est qu'ils espéraient le miracle d'une harmonie prochaine ? Aussi parfois suis-je bien forcé de croire que seules ma déception passée, ma lâcheté présente et l'impuissance à renoncer où je demeure malgré tout me poussent à forger encore des rêves. Mon intelligence pourtant est grande et claire. C'est en elle que j'habite, c'est d'elle que je vois. Mais les vitres tristes qui la défendent contre le froid et le chaud, la pluie et le soleil, condamnent à l'anémie mon corps et mon cœur. C'est, perpétuel, derrière l'intelligence et ses frontières, un exil. Nous voulons vivre. Nous n'avons pas la sensation, nous n'avons pas la certitude de vivre.

On empoisonna mes quinze ans avec certain petit : « Je pense donc je suis. » Je sais que je pense. Mais suis-je ? Mon intelligence est grande pourtant, claire. C'est en elle que j'habite, c'est d'elle que je vois. Là est ma faute.

Si j'écoutais la voix souterraine qui toujours a raison de mes raisons, à l'instant, je m'agenouillerais.

PRIÈRE

Mon Dieu, mon intelligence est grande, claire. Mais parce qu'en elle j'ai voulu habiter, parce que d'elle j'ai voulu voir, j'ai gâché tout et tous, moi-même et les autres.

Blancheur des draps, par quoi, mon Dieu, essaient de vous figurer sur leurs murs blancs les benoîts, les naïfs, les saints, blancheur des draps, aux jours de brioche, d'eau bénite, de buis, de fiançailles, de pardon, et de mort douce, blancheur des draps blancs, et qui ne le savent, ô vous, mon Dieu, pardonnez-moi.

Mon Dieu...

Mais quel rictus déjà creuse cette bouche. Si je retrouve ou crois retrouver Dieu, est-ce pour la seule joie de me vouloir Lucifer. Encore les attitudes. La paix, mon intelligence ! Silence, littérature. Je ne suis pas un esprit fort. Je ne suis pas un bel esprit. Il faut recommencer :

PRIÈRE

Mon Dieu...

Hélas ! il faut encore me taire, car si je veux parler de Dieu, si j'ai un tel besoin de le prier, c'est qu'un goût du blasphème déjà me tente et cherche à me faire supérieur à la notion même que mon effroi, certains jours de trop grande misère humaine, fut bien contraint d'avoir de Dieu.

Si mon intelligence grande et claire dispose des tempêtes essentielles, c'est pour, sortie du péril, se mieux recomposer et jouir de sa grandeur, de sa clarté.

Si d'autre part je renonce à toute intelligence, c'est que, m'expliquant par quelque instinct confus ou quelque élan vital, je flatterai mon corps, mon tempérament, leur prêtant des ressources qu'ils n'ont certes point.

Alors ?

Si je suis victorieux de moi, ou si j'ai durant quelques minutes l'impression de l'être, ma victoire est une simple victoire à la Pyrrhus.

La bataille achevée, la comédie finie, je suis seul, les mains vides, le cœur vide.

Je suis seul.

Autobiographie *

Né le 19 août 1900 à Paris de parents parisiens, ce qui lui permet d'avoir l'air slave. Lycée, Sorbonne, faculté de droit, service militaire jusqu'à la fin de 1923, d'où l'impression de ne vivre vraiment que depuis peu de mois. N'est allé ni au Tibet, ni au Groenland, ni même en Amérique, mais les voyages qui n'ont pas eu lieu en surface, on a tenté de les faire en profondeur. Ainsi peut se vanter de bien connaître certaines rues et leurs hôtels de jour et de nuit.

A horreur de tous les esthétismes, qu'il s'agisse de celui d'Oxford et des pantalons larges, de celui des remords de cinéma avec leurs maisons de guingois, de celui des nègres et du jazz, des bals musettes et des pianos mécaniques..., etc. Voudrait bien pour des romans futurs retrouver des personnages aussi nus, aussi vivants que les couteaux et les fourchettes qui figuraient les hommes et les femmes dans les histoires destinées à demeurer inédites qu'il se racontait enfant.

Avait commencé des recherches pour une thèse de doctorat ès lettres sur Diderot romancier, quand, avec Marcel Arland, Jacques Baron, Georges Limbour, Max Morise, Roger Vitrac, il fonda une revue, Aventure, *qui lui valut d'oublier le XVIII*[e] *siècle pour le XX*[e]*. C'est alors qu'il*

* Rédigé par René Crevel pour un cahier publicitaire inséré dans son second roman *Mon corps et moi*, paru le 30 décembre 1925 chez Simon Kra ; recueilli dans René Crevel, *Feuilles éparses*, Paris, Louis Broder, 1965 (pp. 86-88).

connut Louis Aragon, André Breton, Paul Eluard, Philippe Soupault, Tristan Tzara, et un jour, devant un tableau de Giorgio de Chirico, il eut enfin la vision d'un monde nouveau. Il négligea définitivement le vieux grenier logico-réaliste, comprenant qu'il était lâche de se confiner dans une médiocrité raisonneuse, que, chez les vrais poètes, il ne trouvait ni jeux de mots, ni jeux d'images, mais qu'il les aimait – et parmi eux tout particulièrement Rimbaud et Lautréamont – pour leur pouvoir libérateur.

A participé aux premières expériences hypnotiques d'où André Breton tira des arguments pour son Manifeste du Surréalisme. *A donc pu constater de lui-même que le surréalisme était le moins littéraire et le plus désintéressé des mouvements, et persuadé qu'il n'est pas de vie morale possible pour qui n'est point docile aux voies souterraines ou se refuse à reconnaître la réalité des forces obscures, a décidé une fois pour toutes, et au risque de passer pour un don quichotte, un arriviste ou un fou, d'essayer, tant par ses actes, que par ses écrits, d'écarter les barrières qui limitent l'homme et ne le soutiennent pas.*

Son premier roman Détours *(N.R.F., 1924), une œuvre, un portrait (épuisé), était une promenade préliminaire où les critiques, et en particulier Benjamin Crémieux, Edmond Jaloux, Albert Thibaudet, ont reconnu des attitudes, des flâneries et des rages caractéristiques du jeune homme actuel.* Mon corps et moi *(1925), roman dont le héros porte en soi toutes ses aventures et où les gestes, les personnages ne sont que des prétextes, est un panorama intérieur.*

Bibliographie

1. Textes de René Crevel (éditions originales et rééditions)

Détours. En frontispice, portrait de l'auteur par Eugene Mac Cown gravé sur bois par Georges Aubert. [Paris], Éditions de la Nouvelle Revue française (Gallimard), « Une Œuvre, un Portrait », nouvelle série, 1924, 104 p.
* Réédition : *Détours*. Préface de Michel Carassou ; en appendice un dossier préparé par Michel Carassou et Jean-Claude Zylberstein contenant des lettres et des articles de René Crevel (1921-1926). [Paris], Société nouvelle des éditions Pauvert, 1985, 184 p. / [Toulouse], Éditions Ombres, « Petite Bibliothèque Ombres » n°160, 2007, 96 p.

Mon Corps et moi. En frontispice, portrait de l'auteur par Alice Halicka. |Paris], Éditions du Sagittaire (Simon Kra), « Collection de la *Revue européenne* » n°20, 1925, 204 p.
* Rééditions : *Mon Corps et moi*. Préface de Jean Frémont ; en appendice un dossier préparé par Michel Carassou et Jean-Claude Zylberstein contenant des poèmes et articles de René Crevel (1923-1928). [Paris], Jean-Jacques Pauvert, 1974, 186 p. / *idem* : Société nouvelle des éditions Pauvert, 1985, 186 p. / *idem* : Présentation de Nicole Chardaire. [Paris], Librairie générale française, « Le Livre de poche. Biblio » n°3154, 1991, 248 p. / [Toulouse], Éditions Ombres, « Petite Bibliothèque Ombres » n°168, 2008, 128 p.

La Mort difficile. En frontispice, portrait de l'auteur. [Paris], Simon Kra, « Collection européenne » n°25, 1926, 204 p.
* Rééditions : *La Mort difficile*. Préface de Salvador Dali ; en appendice un dossier préparé par Michel Carassou et Jean-Claude Zylberstein contenant des articles et des lettres de René Crevel (1925-1928). [Paris], Jean-Jacques Pauvert, 1974, 256 p. / *idem* : Société nouvelle des éditions Pauvert, 1979, 256 p. / *idem* : Présentation de Nicole Chardaire. [Paris], Librairie générale française, « Le Livre de poche. Biblio » n°3085, 1987, 192 p. / [Toulouse], Éditions Ombres, « Petite Bibliothèque Ombres » n°161, 2007, 160 p.

Babylone. En frontispice, portrait de l'auteur par Christian Bérard. [Paris], Simon Kra, « Collection européenne » n°30, 1927, 196 p.
* Rééditions : *Babylone*. En appendice un dossier préparé par Michel Carassou et Jean-Claude Zylberstein contenant des textes de René Crevel (1921-1929). [Paris], Jean-Jacques Pauvert, 1975 / *idem* : Société nouvelle des éditions Pauvert, 1991, 264 p. / [Toulouse], Éditions Ombres, « Petite Bibliothèque Ombres » n°169, 2008, 160 p.

L'Esprit contre la raison. En frontispice, portrait de l'auteur par Pavel Tchelitchew. [Marseille], Éditions des Cahiers du Sud, « Critique » n°6, 1927, 58 p.
* Réédition dans *L'Esprit contre la raison* (voir ci-dessous).

Êtes-vous fous ?. [Paris], Éditions de la Nouvelle Revue française (Gallimard), « Blanche », 1929, 216 p.
* Réédition : *Êtes-vous fous ?*. [Paris], Gallimard, « L'Imaginaire » n°75, 1981, 178 p.

Renée Sintenis. Étude critique. [Paris], Éditions de la Nouvelle Revue française (Gallimard), « Les sculpteurs nouveaux », 1930, 64 p., ill.
* Rééditions dans *L'Esprit contre la raison* (voir ci-dessous) / dans *Brefs écrits sur l'art*. Textes choisis et postfacés par Alban Cerisier. [Paris], Mercure de France, « Le petit Mercure », 1999, 96 p., ill.

Les Sœurs Brontë, filles du vent. Illustrations de Marie Laurencin. [Paris], Éditions des Quatre-Chemins, 1930, 24 p., ill.

Paul Klee. Étude critique. Portrait gravé sur bois par Georges Aubert. [Paris], Éditions de la Nouvelle Revue française (Gallimard), « Les peintres nouveaux », 1930, 64 p.,ill.
* Rééditions dans *L'Esprit contre la raison* (voir ci-dessous) / dans *Paul Klee, les années 20*. [Paris], Denoël, 1971, 144 p., ill. / dans *Brefs écrits sur l'art*. Textes choisis et postfacés par Alban Cerisier. [Paris], Mercure de France, « Le petit Mercure », 1999, 96 p., ill.

Dali ou l'Anti-obscurantisme. [Paris], Éditions Surréalistes, chez José Corti, 1931, 44 p.
* Réédition dans *L'Esprit contre la raison* (voir ci-dessous).

Le Clavecin de Diderot. [Paris], Éditions Surréalistes, chez José Corti, 1932, 170 p.

* Rééditions : *Le Clavecin de Diderot*. Présentation de Claude Courtot. [Paris], Jean-Jacques Pauvert, « Libertés » n°38, 1966, 192 p. / dans *L'Esprit contre la raison* (voir ci-dessous).

Les Pieds dans le plat. [Paris], Éditions du Sagittaire (anciennes éditions Kra), 1933, 360 p.
* Rééditions : *Les Pieds dans le plat*. Préface d'Ezra Pound (texte extrait de *The Criterion*, janvier 1939) ; en appendice un dossier préparé par Michel Carassou et Jean-Claude Zylberstein contenant des textes et des lettres de René Crevel. [Paris], Jean-Jacques Pauvert, 1974, 320 p. / *idem* : Société nouvelle des éditions Pauvert, 1985, 320 p.

La Bague d'Aurore. Illustrations de Joan Miró. [Paris], Louis Broder, « Miroir du poète » 4, 1957, 48 p.

Accueil, suivi de *La Dame au Cou nu*, *Lettre pour Arabelle*, *Nuit*, *1830. Le Grand mannequin cherche et trouve sa peau*. Gravures de Dorothea Tanning. [Paris], Jean Hugues, 1958, 84 p.

Feuilles éparses. Illustrations de Jean Arp, S. W. Hayter, Hans Bellmer, Valentine Hugo, Camille Bryen, Wilfredo Lam, Oscar Dominguez, Man Ray, Max Ernst, André Masson, Alberto Giacometti, Joan Miró, Wols. [Paris], Louis Broder, « Archives » 187, vol.1, 1965, 104 p.

L'Esprit contre la raison, suivi de *Dali ou l'Anti-obscurantisme*, *Nouvelles vues sur Dali et l'obscurantisme*, *Solitude variée*, *Pour la simple honnêteté* et de *Au carrefour de l'amour, la poésie, la science et la révolution*. Préface de Marcel Jouhandeau. Textes réunis par Jean Schwartz. [Paris], Tchou, « Le Prix des mots » n°4, 1969, XII-153 p.

Révolution, surréalisme, spontanéité, choix de textes. Préface de Jean-Michel Goutier. [Paris], Plasma, « Les Feuilles vives », 1978, 64 p.

L'Esprit contre la raison, suivi de *Paul Klee*, *Renée Sintenis*, *Dali ou l'Anti-obscurantisme*, *Le Clavecin de Diderot*, *Nouvelles vues sur Dali et l'obscurantisme* et autres écrits théoriques sur le surréalisme. Préface d'Annie Le Brun. [Paris], Société nouvelle des éditions Pauvert, 1986, 338 p.

Le Roman cassé et *Derniers écrits* (1934-1935). Préface de Louis Janover. [Paris], Société nouvelle des éditions Pauvert, 1989, 160 p.

Lettres de désir et de souffrance. Préface de Julien Green. Présentation et notes d'Éric Le Bouvier. [Paris], Fayard, 1996, 394 p.

Lettres à Mopsa. Texte établi et présenté par Michel Carassou. [Paris], Éditions Paris-Méditerranée, « Cachet volant », 1997, 240 p.

Correspondance de René Crevel à Gertrude Stein. Traduction, présentation et annotation par Jean-Michel Devésa. [Paris], L'Harmattan, 2000, 270 p.

2. Ouvrages et revues consacrés à René Crevel (par date de publication)

Temps mêlés n°10-11, « Numéro d'hommage à René Crevel ». [Verviers], Temps mêlés, 1954, 64 p.

Cahiers du Sud n°337, « Pour saluer Crevel ». [Marseille], oct. 1956.

Carlos Lynes, *Crevel vivant, ou le quatorzième convive*. Présentation de Jean Digot. [Rodez], Subervie, « Chantier du temps », 1956, 16 p.

Action poétique n°28-29, « René Crevel ». [Paris], Pierre-Jean Oswald, oct. 1965.

Claude Courtot, *René Crevel*, suivi d'un choix de textes. [Paris], Seghers, « Poètes d'aujourd'hui » n°182, 1969, 192 p., ill.

Eddy Batache, *La Mysticité charnelle de René Crevel*, suivi d'un choix de textes. [Paris], Georges Visat, 1976, 116 p.

Masques n°17, « René Crevel ». [Paris], printemps 1983.

Etienne-Alain Hubert, « Essai de bibliographie des écrits de René Crevel », dans *Le Bulletin du bibliophile*, n° IV, 1983, pp. 483-527 ; n° 2, 1984, pp. 234-262.

Europe n°679-680, « René Crevel ». [Paris], nov.-déc. 1985.

Michel Carassou, *René Crevel*. [Paris], Fayard, 1989, 292 p.

Paola Dècina Lombardi, *René Crevel, o il Surrealismo come rivolta*. [Genève, Paris], Slatkine, « Textes et études / Centre d'études franco-italien, Universités de Turin et de Savoie. Domaine français » n°20, 1989, 166 p.

BIBLIOGRAPHIE

Dieter Schöneborn, *René Crevel. Romancier zwischen Surrealismus, Psychoanalyse und Revolution*. [Münster], Nodus Publikationen, Klaus D. Dutz, 1990, 150 p.

François Buot, *Crevel*. [Paris], Grasset, 1991, 494 p., ill.

Jean-Michel Devésa, *René Crevel et le roman*. [Amsterdam, Atlanta], Rodopi, « Faux Titre » n°69, 1993, 312 p.

Alessandra Marangoni, *Il corpo dilaniato di René Crevel*. [Padova], Cooperativa Libraria Editrice Università di Padova, « Letture e ricerche francesi », 1998, 170 p.

Francesco Cornacchia, *René Crevel. Il romanzo contro la ragione*. Préface de Claude Courtot. [Bari], B. A. Graphis, « Écart Trace », 2001, 204 p.

Mélusine n°22, « René Crevel ou l'esprit contre la raison », Actes du Colloque international, Bordeaux, 21-23 novembre 2000. Présentation de Jean-Michel Devesa. [Lausanne], L'Age d'homme, 2002, 320 p.

Mise en page : Jean-Marc Montaigne.
Cet ouvrage a été achevé d'imprimer en juillet 2008
sur les presses de l'imprimerie Corlet
14110 – Condé-sur-Noireau
Dépôt légal : août 2008
N° d'imprimeur : 114937

PETITE BIBLIOTHÈQUE OMBRES
Collection dirigée par Jean-Paul Archie

50. Bernard Noël, *La Maladie de la chair*
51. Bret Harte, *Histoires de la Frontière*
52. Hermann Ungar, *Les Mutilés*
53. Alessandro Scarlatti, Ferdinand de Médicis, *« Mon respectueux, mon profond silence parle pour moi... »*
54. Franz Werfel, *La Mort du petit-bourgeois*
55. Jens Peter Jacobsen, *Mogens*
56. Guillaume Apollinaire, *La Promenade de l'ombre*
57. *Mémoires de l'abbé de Choisy habillé en femme*
58. Léonide Andréiev, *La Pensée*
59. Madame de Genlis, *Inès de Castro*
60. Ippolito Nievo, *Anti-aphrodisiaque pour l'amour platonique*
61. Auguste Villiers de L'Isle-Adam, *Isis*
62. Robert Graves, *Le Cri*
63. Carlo Dossi, *La Vie d'Alberto Pisani*
64. Mary Shelley, *La Jeune fille invisible*
65. Champfleury, *Le Violon de faïence*
66. Henri Heine, *Le Tambour Legrand*
67. Thomas De Quincey, *Les Derniers Jours d'Emmanuel Kant*
68. Jules Vallès, *Un gentilhomme*
69. Boccace, *Des Dames de renom*
70. Danièle Huillet et Jean-Marie Straub, *Chronique d'Anna Magdalena Bach*
71. Johann Heinrich Fussli, *Aphorismes, principalement relatifs aux beaux-arts*
72. Rubén Dario, *Véronica*
73. Jules Laforgue, *Stéphane Vassiliew*
74. Cardinal de Retz, *La Conjuration du comte de Fiesque*
75. Géza Csâth, *En se comblant mutuellement de bonheur*
76. Hugues Rebell, *Les Nuits chaudes du Cap français*
77. Marcel Schwob, *Cœur double*

PETITE BIBLIOTHÈQUE OMBRES

78. Prince de Ligne, *Le Voyage de Crimée*
79. Jules Verne, *Le Secret de Wilhelm Storitz*
80. Nikolaï Leskov, *Cheramour*
81. Jules Verne, *Le Chancellor*
82. Iginio Ugo Tarchetti, *Les Funestes*
83. Jules Verne, *Face au drapeau*
84. Charles Nodier, *Mademoiselle de Marsan*
85. Roberto Arlt, *La Danse du feu*
86. Roberto Arlt, *Un terrible voyage*
87. Eugène Mouton, *Le Naufrage de l'aquarelliste*
88. John Buchan, *La Centrale d'énergie*
89. Jules Verne, *Maître du Monde*
90. Ivan Tourguéniev, *Assia*
91. Charles Barbara, *L'Assassinat du Pont-Rouge*
92. Anthony Shafton, *Le Moine apostat*
93. Giorgio Manganelli, *Aux dieux ultérieurs*
94. Frigyes Karinthy, *Le Cirque*
95. Jules Verne, *Le Phare du bout du Monde*
96. Edgar Allan Poe, *Les Trois enquêtes du chevalier Dupin*
97. Henry Cauvain, *Maximilien Heller*
98. J. M. Machado de Assis, *La Cartomancienne*
99. Erskine Childers, *L'Énigme des sables*
100. Edward Lear, *Nonsense*
101. W.H. Hudson, *El Ombû*
102. Jacques Spitz, *La Guerre des mouches*
103. José Moselli, *Le Messager de la Planète*
104. E.W. Hornung, *Raffles, Un cambrioleur amateur*
105. Eric Ambler, *Les Intrusions du Dr Czissar*
106. Alexis Apoukhtine, *Les Archives de la comtesse D.*
107. Alexis Apoukhtine, *Le Journal de Pavlik Dolski*
108. J.-H. Rosny Aîné, *La Force mystérieuse*
109. Louis Hémon, *Colin-maillard*
110. Marivaux, *La Voiture embourbée*
111. Edgar Wallace, *L'Archer vert*
112. Charles-Louis Philippe, *Marie Donnadieu*

113. Israel Zangwill, *Le Grand Mystère du Bow*
114. Léon Groc, *La Révolte des pierres*
115. Jens Peter Jacobsen, *Niels Lyhne*
116. Robert Barr, *Les Triomphes d'Eugène Valmont*
117. Léon Tolstoï, *Le Faux coupon*
118. André Couvreur, *Une invasion de Macrobes*
119. Arthur Morrison, *Martin Hewitt, détective*
120. Hermann Ungar, *Le Voyage de Colbert*
121. Tancrède Vallerey, *Celui qui viendra*
122. Guido Gozzano, *Les Sandales de la diva*
123. Paul-Jean Toulet, *Monsieur du Paur, homme public*
124. Anna Katharine Green, *Le Crime de Gramercy Park*
125. Jean de La Hire, *La Roue fulgurante*
126. Georges Eekhoud, *Escal-Vigor*
127. George Meredith, *Le Cas du général Ople et de lady Camper*
128. Anonyme, *Un été à la campagne*
129. Ivan Tourgueniev, *Clara Militch*
130. Jules Verne, *Le Village aérien*
131. Anatole France, *Le Procurateur de Judée*
132. L. C. Fougeret de Montbron, *Le Canapé couleur de feu*
133. Edmond et Jules de Goncourt, *Les Actrices*
134. John Antoine Nau, *Les Trois Amours de Benigno Reyes*
135. Robert L. Stevenson, *Les Mésaventures de John Nicholson*
136. Frank Wedekind, *Mine-Haha*
137. Jules Verne, *Voyages et aventures du capitaine Hatteras. I. Les Anglais au Pôle Nord*
138. Jules Verne, *Voyages et aventures du capitaine Hatteras. II. Le Désert de glace*
139. Paul Féval, *La Ville-Vampire*
140. Sainte-Beuve, *Le Clou d'or*
141. Jules Verne, *Un drame en Livonie*
142. Léon Bloy, *Histoires désobligeantes*
143. Jehan Sylvius et Pierre de Ruynes, *La Papesse du Diable*
144. Balzac, *Une conversation entre onze heures et minuit*
145. Jules Barbey d'Aurevilly, *La Bague d'Annibal*

PETITE BIBLIOTHÈQUE OMBRES

146. Jules Verne, *Sans dessus dessous*
147. Alexandre Dumas, *Les Mille et un fantômes*
148. Auguste Villiers de l'Isle-Adam, *Histoires insolites*
149. Paul Féval, *Le Chevalier Ténèbre*
150. Marcel Schwob, *Dialogues d'utopie*
151. Marcel Schwob, *Vers Samoa*
152. Jean Lorrain, *Histoires de Masques*
153. Prosper Mérimée, *Histoire de la fausse Élisabeth II*
154. Gaston Leroux, *Histoires épouvantables*
155. Grazia Deledda, *Les Tentations*
156. Charles Cros, *Le Caillou mort d'amour*
157. Jens Peter Jacobsen, *Madame Marie Grubbe*
158. William Makepeace Thackeray, *Mémoires d'un valet de pied*
159. Arthur Conan Doyle, *Le Mystère de Cloomber*
160. René Crevel, *Détours*
161. René Crevel, *La Mort difficile*
162. Pedro de Alarcón, *Le Tricorne*
163. Luigi Pirandello, *On tourne !*
164. Algernon Charles Swinburne, *La Fille du policeman*
165. Jean Potocki, *Le Voyage de Hafez. Apologues orientaux*
166. G. K. Chesterton, *L'Innocence du père Brown*
167. Richard Harding Davis, *Dans le brouillard*
168. René Crevel, *Mon corps et moi*
169. René Crevel, *Babylone*
170. Victor Segalen, *Imaginaires*